삶은 이대로 완전합니다

法頂

부자수업

Rich Class

부자 수업

법상 지음

진정한 부에 이르는
쉽고 강력한 법칙

마음의숲

저자의 말

Lesson for the rich

세상 모든 사람이 부자가 되기를 원한다. 또한 부자가 되지 못해 괴롭다. 그리고 종교인은 세상 사람의 괴로움을 소멸하도록 이끌어 주는 사람이다. 불교의 핵심은 사성제(四聖諦)라고 하는데, 이 말은 곧 괴로움과 괴로움의 소멸을 설하는 종교란 뜻이다.

스님이 부자와 돈을 말하는 것은 어쩐지 잘 안 어울리는 조합 같겠지만, 이것이야말로 스님이니까 꼭 말해야 하는 주제가 아닐까? 사람은 모두 부자가 되고 싶고, 부자가 되지 못해 괴롭기 때문이다. '돈', '부자'야말로 사람을 가장 괴롭게 하는 것이기 때문이다. '돈', '가난'에서 오는 괴로움을 어떻게 소멸할 수 있을까? 어떻게 마음을 써야 할까? 이 책은 바로 그 질문에 대한 답변이다.

그렇다고 미리 걱정하지는 마시라. 뻔하디 뻔한 소리 즉, '돈에 대한 집착을 버리시오'라는 말만 떠들고 끝내지는 않을 테니까. 그렇다고 그저 뻔한 '돈 버는 방법' 같은 이야기도 아니다. 돈을 버는 방법 속에 비움의 지혜가 있고, 돈에 대한 집착을 버리면서도 현실에서는 돈을 벌 수 있다. 지혜롭게 부자가 될 수 있다면, 부자와 가난은 더 이상 문제가 되지 않는다. 그렇기에 더 쉽게 자연스럽게 부는 저절로 끌려오기도 한다. 물론 안 끌려와도 상관이 없다.

필자는 오랜 세월 군승(軍僧)으로 지내며 장병들에게 설법과 강연을 했다. 장병들에게 무소유, 무집착만을 설하며, '다 내려놓으시오'라고만 하기에는 그들은 너무 젊다. 도대체 시작도 안 했는데 뭘 내려놓으라는 건가?

말 그대로, 불교의 가르침은 근기에 따라 필요한 법을 설한다는 대기설법(對機說法)이며, 응병여약(應病與藥)이라고 하여 병에 따라 그 병에 맞는 약을 주는 것이 기본이다. 붙잡고 있는 사람에게는 내려놓도록 이끌어야 하겠지만, 아무것도 없는 이에게는 삶에 대한 열정과 원력으로 최선을 다해 살아가도록 이끈다.

사실 불교는 무소유의 종교인 것은 아니다. 소유에 집착하는 이를 위해 무소유를 임시로 설했을 뿐이다. 부처님 당시에도 철저한 무소유의 삶으로 일관한 가섭 존자에게 붓다는 그 무소유의 두타행을 하지 말 것을 권하곤 했다.

불교는 소유도 무소유도 주장하지 않는다. 어느 한쪽에 치우쳐 있는 것을 깨뜨려 균형을 맞출 뿐이다. 한쪽에 치우치고 집착하면 그로 인해 괴롭기 때문이다. 그 어느 것도 치우치지 않기에, 그 양쪽을 다 활용해 쓸 수 있다.

선(禪)에서는 '바른 안목을 요구할 뿐, 행동을 문제 삼지 않는다.'는 말이 있다. 사실 불교에서는 부자와 가난, 부자가 되려는 행동 등을 문제 삼지 않는다. 바른 정신, 바른 안목, 즉 부에 대한 올바른 견해와 지혜를 가질 것을 설할 뿐이다. 바른 지혜와 안목을 갖춘다면 부자가 되어도 좋고, 가난해도 좋다. 옛 선사스님들은 '바른 견해를 지닌 자라면 하룻밤에 황금 만 냥을 써도 좋다'고 말하곤 했다.

그러나 많은 이들이 삶에 대한, 부에 대한 바른 견해와 안목, 지혜가 없기 때문에, 맹목적으로 부자와 돈에 대해 집착하게 되고, 삿된 방식으로 부와 명예를 추구하며, 결국 그로 인해 괴로워진다.

이 책에서는 부자와 돈 그 자체를 문제 삼지 않는다. 그 부자와 돈을 벌고자 하는 그 욕망의 저변에 깔려있는 근원적인 자기 마음을 깨닫도록 이끈다. 올바른 안목을 갖추게 되면, 과도한 애씀 없이도 더 쉽게 돈을 벌 수도 있을 것이고, 돈에 대한 열정은 있으되 집착은 내려놓기에 오히려 더 쉽게 저절로 부자가 될 수도 있으며, 행여 부자가 되지 못했을지라도 전혀 문제가 되지 않을 수도 있다.

돈이 있고 없음에 심각해지는 것이 아니라, 돈은 그저 하나의 놀이 도구가 된다. 있어도 좋고 없어도 좋기에, 오히려 더 쉽고 자연스럽게 활용할 수 있다. 돈의 많고 적음에 휘둘리지 않는 내면의 중심이 깊게 뿌리내리게 된다. 안목이 갖추어지면, 부자도 좋고 가난도 좋다. 그 양쪽이 모두 아름답다. 비로소 부와 돈에서 자유로워진다.

이 원고는 오래 전 군장병들에게 지혜롭게 부자가 되는 방법을 안내하고자 강연했던 것을 토대로 한다. 이 원고는 사실 오래전 사장될 뻔 했던 것을, 마음의숲 대표님께서 다시 세상으로 끌어내 주셨다. 대표 내외분께 깊은 감사를 전한다. Part 2 부분이 바로 장병들에게 강의했던 '마음공부와 부' 관련 원고를 모은 것이고, Part 1

은 비교적 근래에 써두었던 에세이 형식의 짧은 글들 가운데 뽑은 것이다. 혹시 읽다가 Part 1이 너무 어렵거나, 직접적으로 부자되는 법이 궁금하다면 Part 2를 먼저 읽고 그 핵심심화판인 Part 1으로 돌아와도 좋다.

요즘에는 생활 속에서 수행하고 명상하는 이들이 많아졌다. 종교와 상관없이 누구나 진정한 삶의 지혜를 찾는다. 바로 그런 생활 속 수행자들에게는 삶 속에서 돈을 벌고 의식주를 해결하며, 가족을 돌보는 바로 그 삶의 현장이 바로 선방이며 절이고 수도원이다. 번뇌즉보리라는 말이 있듯, 중생의 번뇌가 있는 거기에 깨달음이 있다. 돈과 명예가 있는 거기에서 깨달아야 한다. 그것이 진정 살아있는 지혜다.

2023. 11. 1.
상주 대원정사에서
법상 합장

차례

제2장
내 안을 부로 채워넣는다는 것

第3장
결국 모든 것은 당신으로부터 시작됩니다

부자
수업

Part 2

제1장
주는 것이 받는 것이다

제2장
부족이라는 허구, 삶은 이미 충분하다

제3장
돈, 어떻게 벌 것인가

제4장
마음으로 삶을 창조하는 방법

제5장
업, 운명을 뛰어넘어라

제6장
자기다운 방식으로 부자가 되라

the rich

부자 수업

Part 1

제1장

세상의 부를 끌어당기는 방법

외부에는 나를 괴롭힐 수 있는 것이 없다

내 바깥에 있는 그 어떤 것도 나를 괴롭힐 수는 없다. 도인은 고통(苦痛) 중에서 '통'은 있되, '고'는 없다고 했다. 외부에서 나에게 통증을 가져다줄 수는 있겠지만, '고'를 주지는 않는다는 뜻이다. 그런데도 우리는 외부경계에 끊임없이 휘둘린다. 바깥 세계는 끊임없이 나를 괴롭히고 공격하는 것만 같다.

어떤 사람이 '일도 못 하는 무능한 놈'이라고 말했다고 해보자. 사실 그것은 아무것도 아니다. 그저 하나의 소리가 일어났다가 사라졌을 뿐이다. 분별없는 텅 빈 공의 자리, 진리의 자리에서 보면 그렇다는 것이다. 그러나 우리는 그 소리에 의미를 부여하고, 개념을 입히고, 얽매이고, 화를 내고, 온갖 생각을 가져다 붙임으로써 그깟 '소리' 하나에 걸려 괴로워한다. '일도 못 하는 무능한 놈'이라는 말 한

마디가 어떻게 나를 휘두를 수 있겠는가?

아이가 성적이 떨어져서 괴롭다고 말한다. 아이의 성적이 나를 괴롭힐 수 있다고? 과연 그럴까? 아이의 성적에 집착하고 연연해 하는 내 마음이 나를 괴롭히는 것일 뿐, 그 성적이 나를 괴롭히는 것이 아니다. 만약 성적이 나를 괴롭히는 것이라면, 성적이 나쁜 모든 아이와 그 부모는 다 괴로워야 할 것이다. 그렇지는 않지 않은가.

돈이 없어서 괴롭다거나, 외모가 마음에 안 들어 괴롭다거나, 몸이 아파 괴롭다거나 등등 일체의 모든 괴로움이 사실은 이와 같다. 그 상황, 그 조건이 나를 괴롭히는 것이 아니다. 그것에 의미를 부여하고 힘을 실어 줌으로써 집착하는 내 마음, 내 인식이 나를 괴롭힐 뿐이다. 이러한 사실을 깨닫는다면, 그 모든 것들에서 벗어나 언제나 고요해질 수 있다.

가난하다는 생각이 있을 뿐, 가난은 없다

같은 일을 하며, 같은 환경에서 사는 사람이라 할지라도, 한 사람은 만족하고 감사하며 살 수 있고, 다른 한 사람은 부족함에 세상을 원망하며 살 수 있다. 같은 환경 속에서 한 사람은 부자를 경험하고, 다른 한 사람은 가난을 경험할 수도 있다. 모든 것은 자기의식의 문제일 뿐이기 때문이다.

환경 자체는 그저 있는 그대로일 뿐, 좋거나 나쁜 것이 아니다. 사람의 생각, 판단, 분별, 의식 속에서 그 환경에 대한 자기만의 해석이 천차만별로 드러날 뿐이다. 그래서 이를 불교에서는 만법유식(萬法唯識)이라 불렀다. 일체 모든 것이 곧 자기의식의 나타남일 뿐이란 뜻이다. 괴로운 삶이 있는 것이 아니라, 삶에 대한 나의 해석이 괴로울 뿐이다. 현실이 고통인 것이 아니라, 현실에 대한 해석이 고통스러울 뿐이다.

그런데도 사람들은 나의 문제라고 여기지 않는다. 손쉽게 남 탓, 세상 탓, 너의 탓, 부모 탓으로 돌린다. 문제의 원인을 밖으로 돌리고 피해자 코스프레를 할 때, 자신은 단지 피해자일 뿐, 나쁜 놈은 '너'가 될 수 있기 때문이다. 그러나 사실 그 모든 것은 '내' 문제일 뿐이고, 그렇게 받아들일 때만 그 모든 문제를 해결할 힘과 지혜도 나 자신에게 주어지게 된다.

바로 그때, 비로소 내가 세상의 주인이 되고, 피해자라는 관념으로부터 완전히 해방되어, 자기 삶의 진정한 주인이 될 수 있다. 주위에서 그 누가 뭐라고 할지라도, 어떤 일이 벌어질지라도, 그 모든 것을 '내 의식'의 분별이 만들어낸 환영이며 허상과 같은 것임을 알아, 거기에 쉽게 끄달리거나 휘말리지 않게 된다. 머리, 생각, 견해, 의식, 알음알이, 분별심에 속지 않고, 의식 너머에 모든 것을 분별하기 이전에 알아차리고 있는 본바탕에 자기중심이 서 있게 된다.

자기에게 본래 갖추어진 찐부자 찾기

깨달은 사람은 원하는 것을 무엇이든 금방 손에 쥘 수 있을 것이라 여긴다. 무엇이든 바라는 것은 쉽게 해낼 힘과 신통력과 지혜를 갖추어야 이루어질 수 있고, 그제서야 진짜 도인일 것이라고 여긴다. 전혀 그렇지 않다. 깨달은 이는 그저 지금 이대로 살 뿐이다. 무언가를 더 바라거나 추구하지 않는다. 지금 이대로이길 바라니 그 바람은 언제나 이루어진, 완료형의 상태다.

원하는 것을 '얻은' 사람이 진짜 훌륭한 사람이 아니라, 원하는 것이 '없는' 사람이 진짜 진실을 얻은 자다. '내가 원하는 것'은 내 생각 속의 일이 아닌가? 원하는 것이 없다는 것은 지금 이대로이길 원하는 것이다. 지금 이대로 있을 때, 온전한 만족과 깨어있음이 있다. 바로 그때 당신은 비로소 삶에 뿌리내리게 된다. 진실 속에 있다. 이것이 참된 풍요다. 일반적인 풍요는 있다가도 없고 없다가도 있는 오고 가는 것이지만, 이 풍요는 늘 한결같이 있는 것이기 때문이다.

선불교에는 본유금유(本有今有)라는 유명한 마조(馬祖)의 말이 있다. 참된 진리는 본래부터 늘 있는 것이며, 지금 깨닫더라도 새로운 것을 깨닫는 것이 아니라, 이 늘 있던 진실을 깨닫는 것일 뿐이란 뜻이다. 본래적인 풍요, 부유함이란 없다가 생기고 생겼다가 없어지는 것이 아니라, 자기에게 본래부터 늘 갖추어져 있었던 것임을 깨달을 때 비로소 그 자신이 진짜 부자가 된다. 이 찐부자는 결코 없어지지 않는다. 부자였다가 가난해질 수가 없다. 태어날 때부터 지금까지 늘 있는 자기의 참된 본래면목, 참주인공이다. 이것을 깨닫는 것이야말로 진정한 부자가 되는 길이다.

현실이야말로 진실이다. 지금 이대로의 이것이 전부다. 지금 이대로의 당신과 당신의 삶이 그대로 진실이다. 그저 진실을 살라. 늘 드러나 있는. 늘 갖추어져 있는.

퇴직, 인생 2막을 여는 마음가짐

인생에서 하나의 문이 닫히면, 또 다른 새로운 문이 열리게 된다. 익숙하다고 좋아한다고 그것 아니면 안 된다고, 지금까지 살아오던 하나의 삶의 방식에 끝까지 집착할 필요는 없다. 모든 것은 끝나게 마련이다. 하나가 끝날 때, 생각은 끊임없이 속삭일 것이다. 이것 아니면 안 된다고, 이 길 아니면 할 수 있는 일이 없을 거라고, 이것 아니면 나는 실패자라고. 그러나 그 생각을 믿지 마라. 끝난다는 것은 좌절이나 실패가 아니라, 새로운 시작이다.

오래 다닌 직장에서 퇴사하게 되었다는 것은, 괴로운 일이기만 한 것이 아니라, 새로운 무한한 가능성으로의 문을 열고 들어가는 것이다. 문이 닫힐 때 동시에 다른 문이 열린다. 인생은 알 수 없어서 설레고 가슴 벅찬 곳이다. 어찌 알겠는가. 어떤 놀라운 일이 일어날지! 틀에 박힌 관념으로 앞으로 일어날 일을 판단 분별 비교만 하지 않는다면, 사실 새롭게 열리는 세상은 좋거나 나쁜 어떤 곳이 아니라, 어떤 일이 일어나든 전부 다 새롭고, 있는 이대로의 진리의 길이다. 분별하지 않으면 일어나는 일이 전부 다 좋다.

삶의 모든 변화를 허용하라. 새롭게 도전하라. 삶은 도전할 수 있어서 아름다운 것이다. 하나가 끝난다고 당신의 인생도 끝나는 것은 절대 아니다. 삶은 계속된다. 또 다른 삶의 이야기가 다시 시작되는 것이다!

삶은 경험을 통해 배우는 깨달음의 장이다. 하나가 끝나면 다른 하나가 시작된다. 문이 닫히면 새로운 문이 다시 열린다. 삶의 모든 가능성과 변화에 마음을 활짝 열어라. 인연따라 새롭게 열리는 당신의 삶을 응원하며.

타인의 풍요를 내 것으로 만드는 마술

누군가에게 존경하고, 찬탄하며, 위대함을 공경하는 마음을 드러냈다면, 곧 내가 나 자신의 일부분을 발견했음을 의미한다. 그것을 발견한 것이 곧 '내 마음'이기 때문이다. 그런데 어떤 사람들은 상대방의 찬탄하고 칭찬할 부분을 발견하고서도, 그것을 질투하거나 비교하면서 나의 초라함과 열등감을 키워 그 위대한 자기 발견을 오히려 축소하거나 위축시키는 역효과를 불러오기도 한다.

전혀 그럴 필요가 없다. 상대방의 잘난 점을, 부자인 점을, 위대한 점을, 훌륭한 점을 마음껏 칭찬하고 찬탄하라. 마치 나의 일인 것처럼. 사실 그것은 나의 일이 맞다. 내가 칭찬하고 수희찬탄(隨喜讚嘆)할 때, 그 공덕은 곧 나 자신에게 돌아온다. 내가 나의 위대성을 발견한 것이 된다. 이 세상은 둘이 아니라 연결된 하나이기 때문이다.

대단한 사람 앞에서, 부자들 앞에서 위축되지 않아도 좋다. 그의 잘난 점을 진심으로 칭찬하고 찬탄하며, 그의 부유함을 내 것처럼 기뻐하라. 그럼으로써 내 안에서 그 위대함과 풍요함을 발견하는 즐거움으로 삼아 보라. 상대방의 위대한 점에 대해 내 일처럼 칭찬하고, 찬탄하고, 진심으로 내 일처럼 기뻐할 때, 놀랍게도 그의 위대한 덕목들이 내 것인 것처럼 나에게도 공명한다. 머지않은 미래에 그 위대한 점이 내게 깃들어 있음을 발견할 것이다.

이것이 수희찬탄의 공덕이다. 내 일처럼 진심으로 기뻐해 줄 때, 상대방의 그 공덕은 곧 내 것이 된다. 불이법(不二法), 너와 나는 참으로 둘이 아니기 때문이다. 내 일처럼 기뻐할 때 우주에서는 그것을 내 일이라고 보는 것이다. 내 일처럼 기뻐할 때 그것은 곧 내 일이 된다!

나에게 있는 것과 없는 것, 무엇을 볼 것인가

내가 의식의 초점을 어디에 맞추느냐에 따라서 내가 만드는 세계가 창조된다. 지금 가지고 있는 것, 이미 있는 것에 대해서 기뻐하고, 감사하며, 감동하고, 만족하는 데 초점을 맞춘다면, 그것이 지금 이미 있는 이것들을 더욱더 지속적으로 있게 하고, 좋은 것을 창조하게 하는 것이다.

그러나 지금 내가 가지고 있지 않은 것, 결핍된 것, 없는 것을 갈구하고, 욕망하고, 추구하는 데 마음의 에너지를 다 쓰게 된다면, 그것은 곧장 당신의 삶에서 결핍과 부족, 가난과 박탈을 창조하게 될 것이다.

당신이 의식을 집중하고, 초점을 보내는 그것이 곧 당신의 삶을 만들어낸다.

이미 있는 것들에 대해 감사하고, 감동하며 살기에도 부족한 시간이 아닌가. 당신에게 지금 없는 것에 초점을 맞추기보다, 있는 것에 초점을 맞추어 보라. 추구하고 갈구하는 궁핍을 창조하는 마음보다는, 만족과 감사라는 풍요를 창조하는 마음으로 바꾸어 보라. 그것이 곧 당신의 삶을 만들어내게 될 것이다.

추구하지 말고 충족하라

미래를 향해 추구하는 것은 실상이 아닌 허상을 좇는 것일 뿐이다. 지금 당신의 삶은 말 그대로 지금이지 않은가? 지금은 추구할 수 없다. 지금은 그저 존재할 수 있을 뿐이다. '지금'이라는 당신의 삶에 온전히 뿌리를 내리게 된다면, 그 어떤 추구나 기대보다는 지금 할 수 있는 것들에 마음이 열릴 것이다.

지금 당신은 무엇을 할 수 있는가? 지금 당신 앞에 주어져 있는 것들과 만날 수 있다. 지금 없는 것들과는 지금 도저히 만날 수 없다. 지금만이 전부다. 그러니 지금 없는 것들을 추구하는 것은 허상이다.

지금 있는 이대로의 것들, 이미 가지고 있는 것들, 그것과 만나라.

미래를 향해 추구하고, 목표를 달성하느라, 이미 지금 있는 것들을 놓치며 살지는 않았는가? 그것은 삶 전체를 놓치는 것이다.

지금 무엇이 있는가? 코로는 이 달콤한 공기를 마음껏 들이쉬고 내쉴 수 있다. 하늘에 떠가는 구름을 바라볼 수 있다. 대지의 푸르름에 다가설 수도 있고, 지는 해의 아름다운 그림을 만끽할 수도 있다.

지금 이 순간에 마음을 활짝 열어 보라. 지금 여기에 이미 있는 것들, 추구할 필요가 없는 것들과 만나 보라. 추구하지 말고, 충족하라. 지금 여기에 자기자신을 놓아두라. 지금과 만날 때, 우리는 온전히 충족된다.

K-초딩이 말하는 진정한 행복

초등학교 5학년 어린 딸이 절에 간다는 엄마에게 스님께 대신 질문을 부탁했다. 자신이 느끼는 행복은 두 가지가 있는데, 과연 어떤 것이 진짜 행복인지를 묻고 싶은 것이었다. 첫째는 열심히 노력해서 얻는 것들, 가지고 싶은 것을 가졌을 때 기쁜 것이라고 했다. 좋은 성적을 얻거나, 갖고 싶었던 문구류나, 액세서리나, 가방 등을 가졌을 때 느끼는 행복 말이다. 둘째는 그냥 가끔가다가 아무 이유 없이 행복한 것이다. 아침에 일어나서 그냥 행복하기도 하고, 학교에 가면서 날씨가 좋아서 그냥 행복해지기도 하고, 아무 이유 없이 그냥 행복하기도 하다는 것이다. 이것이 k-초딩 5학년의 질문 클래스!

전자는 열심히 노력해서 얻었을 때 느끼는 행복이다. 열심히 노력해서 얻었기 때문에 언젠가는 반드시 사라지고 만다. 생겨난 모든 것은 반드시 소멸된다는 생멸법의 특징이다. 그러나 후자는 이미 구족되어 있는 것에 대해 느끼는 행복이다. 하늘도 바람도 구름도 떠오르는 태양도 늘 거기에 있고, 언제나 그것들과 마주할 수 있다. 억지로 만들어 낸 것이 아니라 천연적으로 천부적으로 주어진 행복들이다.

노력해야만 주어지는 것들, 생겨나고 사라지는 것들, 예를 들면, 돈, 명예, 권력, 지위, 물질, 소유물 등에 집착하다 보면, 당연한 행복을 누리는 감각을 잃어버리게 된다. 어른들의 삶이 바로 그렇다. 허나 이미 주어진 것들이야말로, 삶에서 가장 핵심적이고 필수적인 것들이다. 공기가 없으면 우리는 곧장 죽을 것이다. 태양도 마찬가지다. 인생에서 가장 중요한 것들은 이처럼 전부 다 공짜로 무한정 주어져 있다. 그러므로, 공짜이기 때문에 사람들은 그것의 귀함을 모른다. 이미 있는 것이 아닌, 지금 수중에 없는 가짜 행복, 유한한 행복을 추구하는 것이다.

본질로 돌아오라. 이 지혜로운 초딩의 행복을, 그 오래전 잊었던 행복의 감각을 되찾아 보자.

채워지지 않는 공허함, 진정 충족되려면

우리의 내면에는 늘 어딘가 모를 공허감, 결핍감, 허무함, 부족함 같은 허한 느낌이 있다. 그렇기에 끊임없이 채워야 할 것만 같다. 그것을 채우기 위해 사람들은 바깥으로 찾아 나선다. 돈, 명예, 지위, 친구, 사랑 등 나를 충족시켜 줄 무언가를 찾아 나서지만 결국 그 무엇도 우리를 완전히 만족시켜 주지는 못한다. 시간과 공간, 그 어디에도 나를 완벽하게 채워줄 수 있는 것은 없다. 그런데도 사람들은 어딘가를 향해, 또 미래를 향해 충족을 바란다. 미래의 어느 시점이 되면 충족될 수 있으리라 여긴다. 미래 언젠가 반드시 깨달을 수 있으리라 믿는다. 과연 그럴까?

모든 추구와 충족을 향한 갈구는 지금 여기라는 본질적인 공간에서 자꾸만 멀어지게 만들 뿐이다. 지금 이 순간이야말로 그 모든 것이 완전히 충족된 무량대복의 공간이고,

본래 부처의 현현이지만, 우리는 그런 현재는 걷어차 버리고 곧장 미래를 향해, 다른 무언가를 향해 나아간다.

지금 이 순간 속에 당신이 원하는 그 모든 것은 이미 구족되어 있다. 이미 충족되어 있다. 당신은 전혀 결핍되어 있지 않은 존재다. 지금 이 순간의 이 단순함으로 돌아오라. 이 평범함으로 돌아오라.

풀벌레 소리로 당신의 현존을 채워보라. 뺨을 스치는 바람 속에서 모든 것은 충족될 것이다. 들숨의 단순한 호흡 하나가 당신을 가득 채운다. 도대체 무엇이 부족한가? 생각으로 쫓아가는 그 추구와 갈구를 버리고, 분별과 망상의 생각을 잠시 내버려 둔 채, 지금 여기로 돌아올 수만 있다면, 당신은 더는 추구할 필요가 없음을 깨닫게 될 것이다.

수십억을 날렸는데, 아무 일 없는 이유

미래에 이러저러한 일이 일어나면 어쩌지? 실패하면 어쩌지? 가난해지면 어쩌지? 몸이 아파지면 어쩌지? 죽고 나서 어디로 가게 될까? 지옥에 가면 어쩌지? 이 모든 두려움은 우리가 늘 가지고 다니는 짐과도 같다. 그러나 가만 생각해 보면, 모든 미래를 향한 두려움은 한낱 '생각', '망상'일 뿐임이 확연해진다. 그것들은 모두 내가 만들어낸 생각이 아닌가? 그 생각이 없다면, 당신은 훨씬 자유롭고, 평화로운 지금을 누리며 살 수 있을 것이다.

지금 내 눈 앞에 드러난 현재! 이것만이 진실할 뿐이다. 이것만이 계속될 것이다. 여기에는 별문제가 없다.

은행에 있는 돈 수십억 중에 몇억을 날려버렸다고 해보자. 그때 우리는 매우 큰 상실감과 우울과 괴로움에 빠져 있게 될 것이다. 몇 날 며칠 아니 몇 달, 몇 년을 고생할 지도 모른다. 그러나 '지금 여기'라는 현재, 실상은 어떨까? 당신은 그런데도 여전히 지금 여기를 평화롭게 살게 될 것이다. 지금 여기에는 별일이 일어나지 않는다. 당신은 아침에 눈을 뜨고, 배고프면 밥을 먹고, 일도 할 것이다. 태양은 평소처럼 떠오를 것이고, 바람은 불어오고, 꽃은 피어날 것이다.

사실, 생겨난 것은 괴로움이 아니라, 하나의 '생각'이었을 뿐이 아닌가? 물론 수십억을 잃었을지라도 말이다. 그 생각을 붙잡지 않는다면, 당신의 하루는 평소와 같을 것이다. 그 수십억이 바로 '망상'으로 만들어낸 허상이기 때문이다.

아파트값이 올라갔다 내려갔다 할 때마다 일희일비할 수도 있겠지만, 내가 살 집이니, 없는 돈이나 마찬가지라고 생각하고 사는 사람은 거기에 휘둘림 없이 그저 아무 일 없이 산다. 이처럼 실재인 것 같은 모든 것들은 사실 생각이고 망상일 뿐이다. 지금 여기에는 아무 일이 없다.

아무 일 없는, 진실한 눈 앞의 현재만을 살아 보라. 그것이 진실이니 진실을 살라는 것이다. 그 진실에 뿌리내리고 사는 삶은 얼마나 자유로울까? 얼마나 가벼울까?

제2장

내 안을 부로 채워넣는다는 것

나는 세상을, 세상은 나를, 살린다

분별없이 내 인생을 바라보자. 처음 태어날 때 인연의 법칙에 따라 어떤 몸을 빌려 이 땅에 나왔다. 분별없이 보면, 그건 그저 인연이 화합하여 어떤 육체 하나가 그저 생겨났을 뿐이다. 사람들은 그 육체를 '나'라고 이름 붙였고, 나도 사람들에게 이 육체가 '나'라고 교육받으면서 그렇게 믿게 되었다. 그런데 그 나라는 생각을 믿지 않으면 그저 한 존재가 생겨났을 뿐이다. 그것도 빈 몸으로, 아무것도 가져오지 않은 알거지로, 또 아는 사람 한 명도 없이, 홀연히 이 땅에 태어났다.

그런데 천만다행인 상황이 펼쳐졌다. 이 몸을 '나'라고 믿게 만든 사람 중 한 사람, 그 여인이 자신이 나의 엄마라고 하면서 젖을 물리고, 죽을 만들어 주고, 똥오줌도 갈아주고, 아프면 병원에 데려가며 살려주고 있다. 천만다행으로 이 지구별이라는 낯선 땅에서 게임이 시작됐다. 나와 너라는 게임, 부모와 자식이라는 게임, 살고 죽는다는 게임, 성공과 실패라는 게임…. 그런데 나이가 들고 성장하다 보니, 엄마와 아빠라는 사람만 나를 도와주는 것이 아니었다! 와우~ 이런 놀라운 행성이 있나! 이 행성에서는 배가 고프면 밥이 생기고, 잘 때가 되면 어디든 잘 집이 생기고, 추우면 옷이 생긴다.

처음에는 이 밥이 아빠가 가져오고 엄마가 요리해 준 것인 줄 알았는데, 가만히 보니 무수히 많은 사람, 이를테면 농부와 소매상, 도매상, 마트 직원, 택배 배달원, 반찬 가게 사장, 정수기 업체, 밥을 할 수 있도록 수도 배관을 깔아 준 사람들, 밥솥을 만든 사람들과 회사, 가스레인지를 만든 회사와 사람들 등등 무수히 많은, 아니 어쩌면 크고 작은 인연을 다 합치면 온 우주 전체가 내가 한 끼도 굶지 않고 살 수 있도록 완벽한 도움을 주고 있지 않은가! 참으로 이 행성이란 놀랍다! 가만히 보니, 태양, 하늘, 바람, 구름, 별, 바다, 강, 산하대지 전부가 나를 살리고자, 내게 놀 자리를 펴주고, 밥을 주고, 집을 주고, 옷을 주며, 또 친구가 되어주고 있다.

이 행성에서 그냥저냥 노는 사람은 하나도 없다. 저마다 자기 일을 하며 서로서로 살려주고, 서로서로 먹여주고, 친구가 되어준다. 태양과 구름, 지구 같은 대자연에서부터 사람과 동물·식물·곤충 심지어 박테리아에 이르기까지 크고 작은 일체 모든 것들이 완벽하게 서로에게 기대어 존재하고, 서로를 기댈 수 있게 자기 품을 내어준다. 서로가 서로에게 원인이 되고 결과가 되며, 서로서로 살게 하는 무한한 사랑과 자비 실천의 장이 아닌가. 나를 살게 하고자 온 우주 전체가 돕고 있다니! 이 감사함과 사랑을 어떻게 갚을 수 있을까?

다행스럽게도, 나 또한 나의 일을 하고, 내 길을 가는 것으로써, 이 사회에, 이 세상 모든 사람과 존재들을 사랑하고 살리는 일에 동등하게 동참할 수 있다. 자신에게 주어진 삶을 사는 것을 통해서 이 지구별의 사람들은 서로서로 무한히 사랑하고 있었다. 이 세상, 이 우주는 사랑과 자비가 그 근원의 운행 원리인 것 같다.

나는 내 인생을 온전히 사는 것을 통해 이 우주에게 사랑을 보내고 있다.

고등어 한 마리조차 자신의 한평생을 바쳐 바다를 헤엄치고, 놀고, 삶을 살다가 어부의 손에 잡혀 내 한 끼의 반찬이 되어주는 것을 통해 나에게 사랑을 온전히 베푼다. 저들이 자신의 온 생명을 바쳐 나에게 한 끼를 주었던 것처럼, 나 또한 언젠가는 죽는 것을 통해 이 세상을 살릴 것이다. 초식동물을 육식동물이 먹고, 육식동물을 사람이 먹고, 사람이 죽어 박테리아를 살리고, 박테리아는 다시 죽은 생물을 분해해 산 생물이 이용할 수 있는 상태로 바꾸어 준다. 생태계 먹이사슬 피라미드의 가장 높은 자리의 생명은 다시 가장 낮은 생명에게 먹힘으로써 자비의 순환을 돕는다. 생태계는 이처럼 순환하며 서로서로 완벽하게 살려줄 뿐, 높고 낮음은 없다.

아! 이 세상은 높고 낮다는 분별없이, 사실은 무한한 상생과 무한한 자비, 사랑이 매 순간 그 근원을 이루고 있다. 내가 사는 것도 사랑의 실천이고, 죽는 것도 누군가를 살리는 사랑의 실천이다. 매 순간의 삶 자체가 거대한 사랑, 자비의 연기적 순환 시스템을 완성하는 것이다. 존재 자체로 우리는 이 세상을 살리고 있었다! 이것이야말로 진정한 풍요가 아닌가.

돈 없는 상황을 있는 그대로 받아들이는 수행

괴로운 일이 있으면, '괴롭다'라고 해석하지 말고 그대로 일어나도록 허용하고 그 속으로 뛰어들어 그것을 경험하라. 돈이 없으면, '돈이 없어 괴롭다'라고 할 것이 아니라, 그저 그 돈 없는 그 상황을 있는 그대로 받아들이고, 돈 없는 상황을 마땅히 살도록 선택하라는 것이다. 그랬을 때, 가난해서 괴롭다라는 생각으로 인해 더욱 괴로워지는 두 번째 화살을 맞지 않게 된다. 그렇게 받아들였기에 그 상황이 나를 괴롭히지 않는 것이다. 괴로워하지 않고, 받아들일 때 그 가난한 상황은 더욱 빠르게 지나간다. 괴로움이 소멸하는 것이다. 이것이 바로 무위법(無爲法)이며, 중도(中道)를 실천하는 길이다. 삶 속의 모든 괴로운 일을 만날 때, 분별하지 말고 있는 그대로 받아들여라.

분별없이 받아들이는 것은 곧 그 상황과 하나가 되는 것이다. 불이법(不二法)의 실천이다. 사실 그것이 나에게 정말 좋은지 나쁜지 알 수 없으므로, 분별없이 받아들이라는 말은 곧 '모를 뿐'하는 마음으로 받아들이라는 것이다. 우리는 쉽게 분별하여 '안다'라고 하지만 사실은 정말 아는 것이 아니다. 분별해서 아는 것일 뿐, 진실로 아는 것은 아니기 때문이다. 십팔계(十八界)가 화합하여 '안다'라는 착각, 즉 육식(六識)을 일으킨 것일 뿐이다.

그러니 참된 진실은 '모른다'라는 것이다. '모를 뿐'이라고 할 때, 육식(六識)이라는 허망한 분별의식이 멈춘다. 육식이라는 의식이 자신을 주인으로 내세워 '나', '내 생각', '내가 안다'라고 여기지만, '모를 뿐'이라고 하면, 곧장 분별의식이 멈춰지고, 중도가 실천된다. 그래서 세계 4대 생불이라고 추앙받으며 해외 포교에 매진하셨던 숭산 큰스님께서 그렇게 '오직 모를 뿐'이라는 화두를 설하셨다. 그것이 바로 현대적인, 선(禪)적인 중도의 실천이기 때문이다.

끊임없는 경쟁의 세상에서 벗어나려면

우리는 이 세상에서 살아남기 위해, 이 엄청난 경쟁에서 이기기 위해, 매 순간 쉬지 않고 노력하고 애쓰며 살아간다. 자칫 나태해지다가는 순식간에 나보다 더 세고 더 많이 알고 더 노련한 포식자에게 잡아먹힐까 봐 늘 두렵다. 이런 마음은 늘 노심초사하게 하고, 불안해서 노력하게 한다. 남을 의식하고, 지기 싫어서 이기기 위한 온갖 무기, 재능, 지식, 자격증, 커리어 등에 중독되게 만든다. 물론 노력은 하되, 이런 식의 두려움과 경쟁하려는 마음만 없다면 노력을 하면서도 마음은 훨씬 가벼울 수 있지 않을까?

사실 이 세상은, 삶은, 세상 사람들은 당신을 괴롭힐 수 없다.

이 세상, 삶, 타인 그것 전체가 바로 진정한 나 자신이기 때문이다. 둘로 나뉠 수 없는 불이법(不二法)의 진실만이 실상이다. 내가 바로 삶인데 삶과 싸워 이기려고 하면 그것은 내가 나 자신과 끊임없이 싸우려는 것과 다르지 않다. 혼자서 적을 만들어 그 의식이 창조해 낸 적과 싸우다 스스로 지치는 격이다. 이기는 것 또한 마찬가지다. 인생과 세상과 맞서 싸워 이기기 위한 자원들을 더욱 강화할 것이 아니라, 오히려 그것을 깨뜨려야 하지 않을까? 물론 내버려 둔 채 깨뜨리는 것이다.

삶은 싸워 이겨야 할 적이 아니라, 품고 안으며 함께 누려야 할 가족이고, 나 자신이다. 삶은 나를 깨뜨릴 수 없다. 세상은 나에게 상처 줄 수 없다. 그 누구도 나를 괴롭히지 않는다. 내가 누구인지, 그가 누구인지, 세상이 무엇인지를 분명히 알 수만 있다면….

괴로움이 있는 거기에 있으라

문제가 시작된 곳, 괴로움이 시작된 지점, 갈등이 시작된 바로 그곳에서 벗어나려 애쓰지 말고, 오히려 바로 그곳으로 들어가 보라. 그 지점에 잠시 머물러, 그곳에서 하나되며, 그것으로 있어주라. 그 지점을 관찰해 보라. 생각으로 해석하지 않고, 그저 그곳에서 그것으로 있어 주는 것이다. 갈등, 그것이 되라. 문제, 그것을 경험하라. 아픔을 아파하라. 왜 그래야 할까? 그곳이 바로 그 문제, 갈등, 아픔이 해결될 정확히 바로 그곳이기 때문이다.

문제가 있는 곳에 답도 언제나 함께 있다. 문제를 피해 다른 곳에서 답을 얻을 수는 없다.

문제를 회피하지 않고, 그곳을 비추어주며, 경험해 주고, 함께해 주고, 있어 줄 때, 바로 거기에서 답이 나온다.

그러니 우리가 할 수 있는 일은 문제를 해결하는 것이 아니라, 문제로 있어 주는 것이다. 괴로움을 없애는 것이 아니라, 괴로움 속으로 뛰어드는 것이다. 그랬을 때 바로 거기에서 답이 나오기 때문이다.

좋고 나쁜 모든 것으로 진리는 온다

행복하고 순탄할 때뿐만 아니라, 불행하고 힘들고 괴롭고 잘 안 풀려나갈 때, 그때도 우리 인생에 놀라운 가피와 은혜가 깃든 순간들이다. 누구나 힘들고 괴로웠던 순간들을 통해 큰 의식의 도약을 이루거나, 무언가를 깨닫곤 한다. 사실 이 부분이 매우 중요함에도, 사람들은 잘 인정하려고 하지 않는다.

고통, 좌절, 절망의 순간이야말로 매우 효과 있는 깨어남의 순간이다.

행과 불행, 순경과 역경은 서로 다른 방식으로 우리를 가르치고 있다. 그것이 언제 어떻게 올지는 누구도 알 수 없다. 분명하게 알 수 있는 것 한 가지는, 지금 그것이 완벽하게 매 순간 오는 중이라는 점이다. 그러니, 매 순간 도달

해 있는 이 완벽한 진리의 선물, 은혜로운 스승인 삶 그 자체를 온전히 마주하고 직면해 줄 수 있어야 한다. 그것이 우리의 수행이다.

허용하고 받아들이며 직면한다는 것은 곧 불이법의 실천이다. 이 삶과 완전히 하나가 되는 것, 그것이 받아들임이다. 이것이 저것을 받아들이는 것은 여전히 차별심이다. 하나가 하나로 존재함, 있는 이대로 이렇게 있음을 온전히 허용하는 것이다. 허용한다는 생각도 없이.

삶, 인생, 진리, 그대가 지금 완벽하게 눈 앞에 펼쳐져 있다. 그것을 마음껏 살라. 경험하라.

돈이 없는 바로 거기로 가라

한 스님이 동산스님에게 물었다.

"추위와 더위가 닥쳤을 때 어디로 피해야 할까요?"

"추위와 더위가 없는 자리로 가면 되지 않느냐?"

"추위와 더위가 없는 자리는 어디입니까?"

"추울 때는 너를 더욱 추워 죽도록 만들고, 더울 때는 너를 더욱 더워 죽도록 만드는 곳이지"

『벽암록』

추워서 괴로울 때는 어떻게 해야 할까? 돈이 없어 괴로울 때, 몸이 아파 괴로울 때, 욕을 얻어먹어서 괴로울 때, 원하는 대로 되지 않아 괴로울 때, 도대체 어디로 도망쳐야 그 괴로움에서 벗어날 수 있을까? 그것이 없는 곳으로 가면 된다. 어디가 그곳인가?

추울 때는 그 추위를 피해 달아나려 애쓰지 말고, 바로 나를 괴롭히는 그 추위 속으로 들어가 추워 죽을 각오로 그 추위를 있는 그대로 마주하고 받아들여 주는 것이다. 추위를 피해 달아나려고 하면 할수록 그 추위는 나와 둘로 나뉘게 되고, 나와 추위는 둘로 나뉘어 싸우게 된다. 그러나 추위와 하나 되어, 그 추위 속으로 뛰어들어서, 추위를 피해 달아나려는 생각이 하나도 없으면 어떨까? 그저 추위 그 자체가 된다. 추위는 추위를 피해 달아나려고 하지 않는다. 내가 바로 그것이기 때문이다.

이렇듯 하나가 되어, 온전히 받아들여 그것이 될 때, 그것은 더는 문제가 아니다.

돈이 없어 괴롭다면, 돈을 벌어야 한다는 생각을 내려놓고, 돈이 없는 지금 이 상황을 온전히 받아들이고 그것을 살아주어 보라. 돈이 없다는 그 생각이 두 번째 화살이 되어 나를 더욱더 괴롭힐 뿐이다. 돈이 없다는 생각만 내려놓고, 돈 없는 삶 속으로 뛰어들면 더는 돈 없음이 나를 괴롭히지 않는다. 돈 없어서 괴롭다는 생각 없이, 그저 내가 지금 이 순간 할 수 있는 일을 할 뿐이다.

원하는 대로 되지 않아 괴로울 때, 그 '원하는 바'를 만들어 놓고, 그 자리로 가기 위해 추구하지 말아 보라. '원하는 바'가 없다면, 원하는 것이 이루어지지 않은 지금 이대로 속으로 뛰어들어, 그저 지금 이대로의 삶을 살게 될 것이다. 더는 원하는 것을 얻지 못한 괴로움은 없다.

역경이 오면 바로 그 역경과 하나가 되어 그 역경을 살라. 괴로울 때는 마음껏 괴로워하라. 아플 때는 아파하라. 그것과 하나 되는 받아들임의 자세!

내 뜻대로가 아닌 시절 인연따라 오고 간다

행복이 온다고 그것을 더 많이 가지려고 애쓸 것도 없고, 행복이 멀어져 간다고 그것이 못 가도록 붙잡으려 애쓸 것도 없다.

돈이 들어올 때 들어오는 것 이상으로 더 많이 가지려고 애쓸 것도 없고, 돈이 멀어져 갈 때 주저앉아 무너질 것도 없다. 물론 돈을 더 벌지 말라는 것도 아니고, 돈이 멀어지려 할 때 그것을 붙잡지 말라는 것도 아니다. 돈도 열심히 벌고 돈이 빠져나가지 않도록 노력도 하되, 그것은 나에게 전적으로 달린 일이 아님을 깨달아 최선은 다하되 결과는 내맡기라는 것이다. 이미 저질러진 결과에 대해서는 쿨하게 빨리 받아들이라는 것이다.

보통 우리는 돈 버는 것, 부자 되는 것, 사업이 잘 되는 것 등이 '나'에게 달린 일이라고 여긴다. 그래서 내가 더 열심히 해야 한다는 생각에 사로잡히지만, 사실 그것은 나에게 달린 일이 아니라 인연에 달린 일이다. 시절 인연이 와야 부자도 된다. 시절 인연이 갈 때가 되면 아무리 노력해도 가난을 면치 못할 수 있다. 인연에 달린 일이지 나에게 달린 일이 아니다.

인연이란 무엇일까? 그것은 나와 세상 전체가 어떻게 돌아가고 있는지에 대한 법칙이다. 모든 것은 나 한 사람에게 달린 일이 아니라 우주적인 인연 전체가 벌이는 일이라는 뜻이다. 내가 아무리 부자가 되고 싶어도 우주 전체를 운행시키는 원리인 연기법이 동의하지 않으면 그것은 불가능하다.

그러나 시절 인연을 만나면 너무나도 쉽게 성공도 하고 돈도 굴러 들어온다. 그렇다고 내가 열심히 하지 않아도 된다는 말은 아니다. 나 또한 연기법, 인연법의 한 축을 담당하고 있으므로, 내가 열심히 하지 않는다면 결과가 나타날 수 없다. 그러나 전적으로 나에게 달린 것은 아니니, 최선은 다하되 결과는 우주적인 연기법에 내맡겨야 한다는 것이다.

모든 것은 올 때가 되면 오고, 갈 때가 되면 인연따라 간다. 그것은 좋거나 나쁜 것이 아니라, 그저 시절 인연따라 그렇게 흘러갈 뿐이다. 제행무상(諸行無常)이 진실이듯, 변화하는 것은 그대로 진실이다. 그것을 내가 어떻게든 붙잡아 두려 하거나 더 많이 가지려고 할 필요는 없다.

내 인생에 무엇이든 오고 가도록 허락해 주어보라.

그것이 부처님의 명호인, 여래여거(如來如去)의 뜻이 의미하는 바다. 모든 것이 여여(如如)하게 있는 그대로 진리로써 오고, 진리로써 가도록 내버려 두는 분이 바로 부처님이라는 것이다. 내 삶에 등장하고 퇴장하는 것들을 내가 주도적으로 붙잡거나, 밀쳐내려는 과도한 노력을 하는 대신에, 그저 객석으로 물러나 앉아, 그 모든 것이 오고 가도록 허용한 채, 다만 분별없이 바라보는 관찰자, 구경꾼으로 남아보라.

영화의 내용과는 상관없이 스크린은 언제나 그 내용에 물들지 않듯, 삶 위에 어떤 일들이 일어나더라도 깊이 개입되지 않으면 언제나 우리는 텅 빈 바탕으로 배경으로 남게 된다. 흔적 없이, 걸림 없이, 자유롭게 살아갈 수 있게 된다.

현실 속에서 최선을 다해 살아가되, 결과에 대해 집착하지 않는다. 그것이 곧 『금강경』의 '응무소주 이생기심(應無所住 而生其心)' 즉, 하되 함이 없이 행하는 삶이다.

첫 번째 자리, 두 번째 자리

우리의 두 눈에는 모든 대상이 끊임없이 보인다. 억지로 보려고 애쓰지 않더라도, 이 보는 작용은 저절로 이루어진다. 이렇게 저절로 있는 그대로 보이는 작용을 '보는 작용', '보는 놈', '첫 번째 자리에서 본다', '있는 그대로 본다', '분별없이 본다', '정견(正見) 한다', '중도로 본다'라고 말한다.

첫 번째 자리에서는 대상이 있는 그대로 보일 뿐이지만, 우리는 곧장 그 대상에 대해 자기식대로 해석하고 이름을 붙이고 분별하기 시작한다. 이것을 '분별해서 본다', '의식으로 본다', '안식으로 본다', '두 번째 자리에서 본다', '두 번째 화살을 맞는다', '왜곡해서 본다', '있는 그대로를 자기식대로 해석해서 본다'라고 말한다.

전자의 첫 번째 자리에서 분별없이 있는 그대로 보는

작용이 곧 불성(佛性)의 작용이고, 자성이 보는 것이며, 진리로써 보는 것이다. 여기에는 아무런 문제가 없다. 그러나 후자의 두 번째 자리에 떨어져서 대상을 해석하고 분별하고 좋거나 나쁘다고 나눈 뒤에, 좋은 것은 취하고 싫은 것을 버리려고 애쓰기 시작하는 등의 취사간택(取捨揀擇)이 시작되면서, 본래 부처였던 우리가 곧장 중생으로 떨어지게 된다. 온갖 문제가 생겨나고, 취해야 하고 버려야 할 일들이 생겨나고, 얻지 못해 괴롭고, 거부하지 못해 괴로운 등의 온갖 문제가 생겨난다.

대상은 있는 그대로일 뿐이지만, 우리의 분별, 견해, 중생심이 대상을 좋거나 나쁜 것으로 분별하고 그것이 옳다고 믿게 한 것이다. 이것이 바로 우리가 괴로운 이유다.

첫 번째 자리에서 있는 그대로를 있는 그대로 볼 때, 아무런 문제도 없고 지금 이대로 모든 것은 본래 완전했던 자리로 돌아간다. 첫 번째 자리에 있을 때 우리는 부자도 아니고 가난도 아니다. 그러나 두 번째 자리에 떨어져서 해석하고 판단할 때 자신이 부자라거나 가난하다는 치우친 견해에 사로잡힌다.

첫 번째 자리에서는 있는 그대로의 현실이 이대로 여여할 뿐이다. 그러나 두 번째 자리에 떨어질 때, 자신을 남들과 비교하고, 부자인 우월감과 가난한 열등감을 만들어낸다. 똑같은 연봉을 받을지라도 어떤 사람은 부자라 여기고, 어떤 사람은 가난하다고 여기는 이유가 여기에 있다. 첫 번째 자리에서 분별없이 바라볼 때, 삶은 그저 이러할 뿐이다. 삶에는 아무런 문제도 없다. 나는 가난도 아니고 부자도 아니다. 그 누구와도 비교할 것이 없다.

부자와 가난도 이처럼 사실은 실체로 있는 것이 아니라, 자기 마음의 분별일 뿐이다. 당신은 첫 번째 자리와 두 번째 자리 중 어디에 있는가?

오고 가도록 냅 둬! 렛잇비(Let It Be)!

삶을 지혜롭게 사는 것은 사실 아주 단순하다. 부처로서 산다는 것은 그리 거창한 무언가가 아니다. 인연따라 생겨난 것들에 대해 그저 내버려 두면 된다. 렛잇비(Let It Be)! 일어나는 그대로 허용해주면 된다.

어떤 삶이 경험될 때 경험되는 그대로를 그저 있는 그대로 경험해 주라. 경험되면 경험되는 그대로, 일어나면 일어나는 그대로, 보이면 보이는 그대로, 들리면 들리는 그대로, 그저 그렇게 모든 것을 있는 그대로 내버려 두면 된다.

거기에, 생각과 판단으로 온갖 해석을 가하고, 온갖 생각의 덧칠을 입히고, 그것을 믿으면서, 그 생각에 걸려들어 집착하고, 구속되는 중생심의 번뇌 망상만 일으키지 않으면 된다. 번뇌 망상으로 생각하고 판단하고 집착하고 거부하는 것은 힘들고 어려운 일이 아닌가. 애써야 하고, 에너지의 낭비가 많다. 유위법(有爲法), 유위행(有爲行)에는 이처럼 힘쓸 일이 많고, 힘들 뿐 아니라, 유위행에는 유위의 결과 즉 과보(果報)가 따르듯이, 그렇게 만들어낸 온갖 생각들로 인해 괴로운 결과가 만들어진다. 가만두면 아무 문제 없이 그저 인연따라 생겼다가 사라지면 그뿐인 것을, 생각으로 판단 해석함으로써 스스로 거기에 일을 만들고, 괴로움을 만들어내는 것이다.

인연따라 첫 번째 작용, 경험이 일어나면, 그저 있는 그대로 경험하라. 해석하지 말고, 그것이 일어나도록 허용해 주고, 판단하지 말아 보라. 그저 그 모든 것이 지나가도록 허락해 주는 것이다. 그러면 모든 것들은 왔다가 간다. 인연따라서 온 것에 대해 좋다고 해석하면서 안 왔으면 좋았을 것이라고 여기며 거부하는 등의 취사간택심을 일으키게 되면, 그 대상으로 인해 휘둘리게 될 뿐이다.

인연따라서 온 모든 것들에 대해 취사간택하지 않고, 그저 내버려 두면, 그 모든 것이 자연스러운 실상작용이 되고, 아무런 문제를 만들어내지 않게 된다. 삶은 가벼워지고, 삶에는 아무런 일이 없다. 인연따라 모든 일은 일어나지만, 거기에 구속되지는 않는 것이다. 머무는 바 없이, 집착하는 바 없이 자유롭게 살아가게 된다. 이것이 수행자의 흔적 없고 걸림 없는 삶이다.

복덕은 본래 구족되어 있다

『금강경』에 '복덕은 복덕이 아니다. 그러므로 복덕이 많다'라는 말이 있다. 복덕은 복덕이 아니므로 진정한 복덕일 수 있는 것이다. 공기가 사라지면 단 한 순간도 살 수 없지만, 공기는 우리에게 너희를 살게 해 주는 귀한 존재라며 으스대지 않는다. 숲도 무한히 산소를 공급해 주지만, 단 한 번도 우리에게 보상을 바라지 않는다.

연기법을 사유해 보면, 숲이 있으므로 내가 있듯, 네가 있으므로 내가 있고, 이 세상이 있으므로 내가 있다. 이 모든 것들은 서로 연결되어 있고, 서로서로 살펴주는 상호의존적인 관계다. 그것이 있으므로 내가 있을 수 있고, 그것이 없으면 내가 없으니, 그것과 나는 떼려야 뗄 수 없는 관계, 둘이 아닌 불이법의 관계다. 네가 곧 나이고, 내가 곧 너인 둘이 아닌 동체의 관계다.

그러니 사실은 내가 너를 살려주고, 내가 세상을 살려주고, 세상이 나를 살려주는 공존, 공생의 연기적인 관계로서 우리는 모두 둘이 아닌 하나다. 모두가 모두를 무한히 살려주고 있다. 모두가 모두에게 동시에 복덕을 행하고 있다. 이처럼 일체 만유는 있는 그대로, 존재 자체로 벌써 온 우주를 무한히 살려주고 있고, 복덕이라고조차 말할 수 없는 무한한 복덕을 짓고 있는 존재들이다.

이처럼 무한한 복덕을 우리는 존재 자체로서 이미 짓고 있다. 그것이 우리의 본성이다. 복덕이 부족한 사람은 없다. 삶은 이대로 완전하다. 내가 본래 부처다. 이런 참된 복덕을 『금강경』에서는 '복덕은 복덕이 아니다. 그러므로 복덕이 많은 것이다'라고 설명한다. 참된 복덕은 내가 복을 지었다는 생각, 상이 없는 것이기 때문이다.

이 무량한 대복전이 바로 우리의 진실이다.

그런데도 사람들은 '나는 복이 적고, 저 사람은 복이 많아'라며 비교하고, 차별함으로써 무한 복덕을 보지 않고, 협소하고 제한된 유위의 복덕에만 관심이 있다. 그것이 분별심이다. 그런 생각이 없다면, 그런 분별심이 없다면, 지금 당신은 무한한 복덕의 존재다.

모든 복덕은 이미 구족되어 있다. 이것이야말로 진정한 부이며, 풍요다.

제3장

결국 모든 것은 당신으로부터 시작됩니다

병도 가난도 마음이 만들 뿐

만법유식(萬法唯識)이라고 하여, 일체 모든 것이 전부 다 분별심이 만들어 낸 환영일 뿐이라고 설한다. 괴롭다고 할 때, 실제 그 현실이 괴로운 것이 아니라, 내가 그렇게 생각(분별)했기 때문에 괴롭다는 것이다. 똑같은 재산을 가진 두 사람도 한 사람은 스스로 부자라고 분별하고, 다른 사람은 가난하다고 생각할 수도 있는 것과 같다.

이처럼 실제 현실이 행복하거나 괴롭다고 정해진 것이 아니라, 현실에 대한 자신의 해석이 행복하거나 괴로울 뿐이다. 모든 것이 분별의 소산이다.

심지어 몸의 통증이나 상처 같이 실질적으로 몸이 괴롭다고 느껴지는 그것들조차 사실은 몸이 괴로운 것이 아니라 마음, 분별심 때문에 괴로운 것이다. 몸에 상처가 나기나, 칼로 잘렸을 때 우리는 마음과는 상관없이 몸 그 자체가 아프다고 생각한다. 그러나 엄밀히 따져보면 그 또한 분별심이 개입되어 아프다고 생각하는 것이다. 실제 전쟁이 일어날 때는 자신의 몸이 아파도 아픈 줄을 모르고, 심지어 손발이 잘려나가는 등의 큰 사고가 있더라도 그 혼돈 속에서는 그것을 인지하지 못하는 예도 있다고 한다.

필자가 어릴 때 태권도 시합을 나갔을 때도 생각해 보면, 시합하는 도중에는 아무리 맞아도 그렇게 크게 아픈 것을 몰랐다. 시합이 끝난 뒤에 아픔이 몰려온다. 친구들과 싸울 때도 비슷했다. 또 한 번은 풀을 베려고 낫질을 친구와 둘이 하다가 피가 크게 났는데, 그것도 모르고 둘이 신나게 낫을 휘둘렀던 기억도 있다. 한참 뒤에서야 둘이 서로 마주 보며 누구 피냐고 묻다가, 친구가 자신의 팔뚝을 보자마자 그제야 고통을 호소했다.

이처럼 직접적인 몸의 통증이 분명해 보이는 것조차, 사실은 몸이 아픈 것이 아니라, 그것을 인식할 때, 분별할 때, 생각할 때 그 아픔을 느끼게 된다. 또 똑같은 아픔이나 고통이라고 할지라도, 나보다 더 아프고 고통받는 사람들을 보면서 이만하면 다행이라고 여기거나, 안 아프다고 여기기도 한다.

모든 것은 이처럼 마음이 만들어낸다.

생각이 없다면, 당신은 무엇인가

생각이 있을 때만 괴로움이 있다. 생각이 없을 때, 괴로움도 없다. 괴로움을 느낀다고 말하지만, 사실은 괴로움을 생각한다. 생각이 어떤 대상에 가 붙었을 때, 그래서 그 대상을 애착하거나 싫어하면서 취하거나 버리려 할 때, 괴로움은 생긴다.

아무리 큰 괴로움을 느끼는 사람일지라도, 잠이 들게 되면 곧장 그 괴로움은 사라진다. 괴로움이 진짜라면 잠이 든 순간에도 계속해서 괴로워야 할 것이다. 그것이 실체가 아니라, 생각할 때만 나타나는 허상이기 때문에, 깊은 잠 속에서는 괴로움도 사라지는 것이다. 잠에서 깨어날 때, 모든 괴로움이 다시 생겨난다. 그뿐만 아니라, 세상도 바로 그 순간 창조된다. 세상도 본래 있는 것이 아니라, 내가 생각할 때만 있기 때문이다. 내 의식이 이 세상을 만들어 낼 뿐, 본래 고정된 세상이 따로 있는 것이 아니다.

내가 세상을 만든다. 내가 의식으로, 분별로, 생각으로 세상을 만들어낸다.

꿈도 없는 깊은 잠 속에서는 세상도 없고, 나도 없고, 괴로움도 없다. 잠에서 깨어 다시 생각 속으로 빠져들고, 생각이 만든 나와 세상을 진짜라고 믿을 때, 그때 내가 다시 세상과 나와 우주를 창조해낸다. 바로 그 생각, 분별, 의식이 진실하지 않다는 사실을 깨닫게 되면, 생각이 만든 세상과 괴로움에 속지 않을 수 있다.

당신은 괴롭지 않다. 괴롭다고 생각할 뿐. 당신은 당신이 아니다. 당신이라고 생각할 뿐. 당신이 이 세상에 사는 것이 아니다. 그렇게 생각할 뿐.

그 생각이 없다면, 여기 무엇이 있나? 그 생각이 없다면, 당신은 무엇인가?

재산보다 더 가치가 있는 이것

지금 여기에 있는 것, 그것이 내가 원하는 전부다. 다른 곳에, 혹은 남들에게, 혹은 미래에 있을 무언가를 원하고 있는가? 그 순간 당신은 여기에 없다. 그 생각을 믿고 있을 뿐. 그러나, 지금 여기에 있는 것, 그것만을 원할 때, 여기에는 아무 문제도 없다.

당신은 비로소 지금 여기에 도착하게 된다. 그 무엇도 추구하지 않는다. 추구하더라도 추구하는데 집착하지 않는다. 미래에 무언가를 꿈꾸는 것은 좋다. 그것을 반드시 이루어야만 한다는 생각을 믿지만 않으면 무엇을 원해도 좋다. 그 모든 생각, 추구, 바람들을 그저 왔다가 가는 손님처럼 여기고, 진실이라고 믿지만 말아 보라. 그 생각을 집착하지 않으면, 당신은 지금 여기에서 완전하다.

세상에는 아무런 일도 없다. 지금 내게 있는 이대로가 전부이며, 나는 그것이 좋다. 내가 원하는 것은 지금 이대로 있는 것이다. 모든 할 일은 끝이 났다. 지금 이대로, 이렇게 아무 일 없이 그러나 모든 일을 하며 평화롭게 살아가는 것이 전부다.

그러니 두려워하지 말고 부디 안심하라. 당신은 주어진 이 삶에서 완전히 안심해도 좋다.

지금 있는 이대로, 당신의 삶은 완전하다. 아무 문제도 없다. 지금 여기에 존재하며, 지금 이대로의 삶을 즐겨 보라. 지금 여기에 실제로 있는 것만을 원해 보라. 지금 있는 것만을 원할 때, 우리는 지금 당장 그것을 이룰 수 있다.

무언가를 추구할 때, 끊임없이 추구와 달성이 반복되고, 죽을 때까지 어쩌면 그 반복은 계속될지 모른다. 그 윤회를 끊는 길은, 단순하게 지금 이대로를 원하는 것이다. 지금 이대로의 주어진 모든 것에 대해 '예스'라고 대답하는 것이다. 지금 여기에, 지금 이렇게 주어진 이대로 모든 것은 원만하게 구족되어 있다. 다른 것은 필요하지 않다. 왜 그럴까? 다른 것은 지금 여기 없기 때문이다. 지금 이것만 있기 때문이다.

언제나 지금 있는 것만이 진실이다. 현실이 곧 진실이다.

만약 당신이 시한부 인생 선고를 받거나, 머지않아 죽게 되었다면, 그것을 없애줄 사람에게 내 전 재산이라도 줄 수 있지 않을까? 죽음 앞에는 아무리 많은 재산도 쓸모가 없다. 아무리 많은 돈을 주더라도, 지금 내가 누릴 수 있는 이 들숨과 날숨 한 호흡과 바꿀 수는 없다. 지금 이 순간 당신의 평범한 살아있음은 누군가에게는 그 어떤 대단한 물질적 보상으로도 바꿀 수 없는 무엇이다.

바로 지금, 당신은 모든 것을 이미 소유하고 있다. 누군가가 그토록 그리워하던 것을. 만약 공기가 없었다면, 우리는 단 한 순간도 살 수 없었을 것이다. 숨 쉴 수 있다는 이 당연한 사실조차 사실은 놀라운 신비이며, 완전한 아름다움이다.

진짜 가치가 있는 것은 이토록 당연한 것, 이미 구족하고 있는 것, 우리가 늘 쓰고 있던 것들이다.

당신이 가졌다가 버릴 수 있는 것, 당신에게로 왔다가 갈 수 있는 것, 생겨났다가 사라지는 것은 진짜가 아니다. 진짜는 생겨나지도 사라지지도 않는 하나의 진실이다. 당신의 생명, 하나의 성품, 이것이야말로 전부이고, 우리는 그것을 늘 지니고 있고, 쓰고 있다. 더 무엇을 바랄 것인가? 지금 이대로이기를 바랄 때, 그것이 본래 있었음이 드러나게 될 것이다.

지나간 것이 나를 괴롭힐 때

누군가가 내 어깨를 툭 치며, 욕을 하면서 지나간다. 순간 화가 난다. 돌아보니 그는 벌써 사라지고 없다. 생각할수록, 어깨를 치면서 욕하고 지나간 사람이 이해가 안 되고, 얄밉고, 화가 난다. 여기서 한번 보자. 그 사람은 이미 왔다가 가버렸다. 그가 한 욕도 왔다가 가버렸다. 그가 어깨를 툭 친 그 가벼운 통증도 왔다가 가버렸다. 이제 아무것도 남아 있는 것은 없다. 그러나 우리 마음속에는 여전히 그 사람에 대한 미움과 화라는 이미지(相:모양)가 남아 있다.

그렇다. 남아 있는 것은 오로지, 이미 지나간 일이 남기고 간 찌꺼기 생각들뿐이다. 10년 전에 나를 뒤에서 욕했던 친한 친구의 비난은 어쩌면 10년이 지난 지금까지도 트라우마처럼 상처가 되어 남아 있을지 모른다. 이미 인연생 인연멸로 생겨났다가 사라지고 없음에도 불구하고. 5년 전에 시험에서 연거푸 떨어진 일, 10년 전에 부모님께 크게 맞은 일, 15년 전에 받은 충격에 대한 외상 후 스트레스 장애 등 우리는 이미 지나간 일들에 대한 찌꺼기 생각들이라는 거짓된 상(相)에 여전히 빠져 있을지도 모른다. 그 사건은 이미 지나갔지만, 여전히 현재진행형으로 그 허망한 상(相)이 나를 지배하고 있다면, 이는 얼마나 황당하고 비상식적인 일이겠는가?

사실 모든 것은 생겨났다가 사라지고는 그걸로 끝이다. 아무것도 남기지 않는다. 적멸(寂滅), 공(空), 무(無)로 돌아간다. 인연따라 생겨난 모든 것은(연기법) 실체가 없기 때문에(무아, 비실체성), 인연화합으로 생겨났다가 사라지면 그뿐이다. 그것은 실체가 아니기에, 실질적으로 나를 괴롭히지 못한다. 내가 생각으로 붙잡아 괴로워하지만 않으면. 삶의 모든 것들은 인연따라 왔다가 갈 뿐이다. 그것을 '생겨났다가 사라지는 것들'이라고 하여, 생멸법(生滅法), 생사법이라고 부른다. 모든 것들은 생겨나고 사라질 뿐이다. 비실체성이고 공(空)하며 무아(無我)다.

그러니 그것을 집착하고 붙잡아 두려 애쓸 것은 없다.

왔다가 가는 모든 것들을 그저 왔다가 가도록 내버려 두기만 하면, 세상에는 아무런 문제도 없다. 문제는, 나 스스로 그 가운데 마음에 드는 어떤 것을 집착하고, 나쁜 것은 싫어하는 등 취사간택심을 일으키면서부터 시작될 뿐이다. 현실은 그대로 진실이다. 아무런 문제도 없다.

진실을 진실 그대로 내버려 두라. 공연히 붙잡아 문제를 만들지 말고, 그저 한 발자국 떨어져서 묵연히 바라보라. 왔다가 가도록 허용하라.

여래여거(如來如去), 부처님, 여래의 이름이다. 즉 여여하게 왔다가 여여하게 가시는 분이 바로 붓다다. 왔다가 가는 것들을 '붙잡지 않고' 그저 여여하게 내버려 두는 것이다. 여러분 삶에, 여전히 내버려 두지 못하고 붙잡아 둔 것이 있는가? 그것은 당신을 괴롭힐 것이다. 그것이 없을 때, 당신은 자유다.

후회와 자책은 생각일 뿐

'그때는 그러지 말았어야 했어.'

'그때 다른 선택을 했었더라면'

이런 과거에 대한 후회나 자책들은 모두 자신을 스스로 괴롭히는 일일 뿐이다. 그럴 수가 없다. 과거에 다른 선택을 내렸더라면 하고 아무리 생각할지라도, 그것은 현실이 될 수 없다. 불가능한 환상이다. 그것은 곧 자기 자신을 괴롭게 할 뿐이다.

이미 일어난 일에 대해 자책하거나 문제 삼는 것은 곧 진리와 싸우려는 것이고, 신에게 대항하는 것이다. 그 모든 것들은 정확히 그때 일어나야 했다. 그것이 일어났기 때문이다. 그것은 그것으로 내버려 두라. 어떻게 내버려 두지 않을 수 있겠는가? 그런데도 어떻게 해 보려는 생각이 든다면, 그것은 곧 자신을 학대하는 것일 뿐이다. 불가능한 일이다.

진실은, 과거에 일어난 일은 전부 일어나야만 했었다는 사실이다. 왜 그럴까? 그것이 일어났기 때문이다. 과거는 건들지 말라. 어차피 우리는 다시 과거로 돌아가 그것을 바꿀 수도 없다. 현실만이 언제나 진실이다. 과거에 그 일이 일어난 것은 그때의 진실이었기 때문이다. 그러니 그 진실을 허용해주라. 후회도, 자책도 하지 말고, 참회할 것이 있다면, 진심으로 참회할 뿐, 더는 과거를 들먹이지는 말라. 과거는 이미 지나갔으며, 이미 없다. 그것을 이랬느니 저랬느니, 잘했니 못했니 하는 것은 진실에 대항하는 생각일 뿐이다. 그럴 시간에 지금 여기에 놓여있는, 내가 지금 충분히 바꿀 수 있는 현재를 바라보라.

그 모든 것을 내버려 두고, 지금 여기로 돌아와 보라. 지금 여기에서 눈 앞에 생생한 진짜의 삶을 이렇게 누리고 만끽하며 살아갈 수 있다. 이것만이 진실 아닌가. 과거의 허상에서 벗어나, 지금이라는 실상으로 돌아오라.

성공도 실패도 있는 것 같을 뿐

불교에서는 나를 포함한 이 세상 모든 것들을 비실체성, 무아(無我), 무자성(無自性)이라고 설한다. 실체적인 나, 실체적인 무언가는 없다는 것이다. 모든 것은 인과 연이 화합하여 인연따라 잠깐 생겨났다가 사라질 뿐이다. 인연생 인연멸. 모든 것은 이처럼 '있는 것 같은 것'일 뿐, 진짜로 '있는 것'이 아니다. 나는 진짜 내가 아니라 나인 것 같은 것일 뿐이다. 내가 늙고 병들고 죽는 것 같지만, 사실은 그런 듯 보일 뿐이다. 세상도 진짜 세상이 아니라 세상인 것 같은 것일 뿐이다.

화가 나더라도 진짜로 화가 나는 것이 아니라, 인연따라 화라는 실체 없는 무언가가 일어났다가 사라지면 그뿐이다. 그 화의 에너지를 실체화시켜서 계속 되뇌면서 화 속에 빠질 필요가 없다. 화는 화가 아니라 화 난 것 같은 것일 뿐이기 때문이다. 성공도 진짜 성공이 아니라 성공한 것 같은 것일 뿐이고, 실패도 실패가 아니라 실패한 것 같은 생각일 뿐이다.

세상 모든 것이 이처럼 진짜 그것이 아니라, 그것인 것처럼 보일 뿐이라는 사실을 자각한다면, 그 어떤 것에도 과도하게 휘둘리지 않을 것이다. 있는 듯 보이는 것일 뿐, 진짜 있는 것이 아니기 때문이다.

"있는 듯한",
"있는 것 같은"

이 사실을 사유해 보라. 세상의 모든 괴로움 속에 빠져 몸서리치던 그 마음이 실체가 없다는 사실에 안도하게 될 것이다. 그렇게 나를 짓누르던 모든 것들이 진짜가 아니라 '있는 듯한' 것임을 알고 참으로 쉴 수 있게 될 것이다.

괴로움을 건너뛰지 말라

괴로움이 찾아올 때, 그것을 빨리 해결하여, 건너뛰려 하지 말라. 그것은 경험되기 위해 찾아온 저 너머로부터의 선물이다. 그 너머가 바로 지금 이대로이고, 나 자신이고, 지금 이것이라는 하나의 진실이다. 빨리 지나가게 하려고 애쓰지 말고, 그저 그것을 경험해 주라.

나를 찾아온 모든 것들은 경험되기 위해, 진리로써 온 것이다. 나를 괴롭히기 위해 찾아오는 것들은 없다. 오로지 우리를 돕기 위해, 깨닫게 하려고 온다. 쌓여있는 채 묵혀두었던 그것들이 발산됨으로써 해결되기 위해 찾아온다.

그것을 해소하고 해결할 수 있는 가장 좋은 타이밍이 바로 지금이기에 지금 그것이 나에게 벌어진 것이다. 그것이 해소되지 않고 내면에 쌓이게 되면 지금보다 더 큰 폭발로 나를 괴롭힐지 모른다. 그것을 미리 예방하기 위해 현실로 드러나는 것이다. 이것을 흔히 업장소멸이라고도 부르지만, 업장이 두텁다는 의미를 꼭 나쁘게 볼 필요는 없다. 크게 보면 그것은 나를 돕고 있다. 나를 찾아온 모든 문제는 문제가 아니라 진실이며 진리로써 온다. 모든 번뇌는 그것이 곧 보리(깨달음)라는 사실을 깨닫게 해 주기 위해 온다.

지금 이대로의 문제투성이인 나 자신을 분별없이 있는 그대로 받아들여 주라. 그럼으로써 진리의 일원이 되어, 진리의 일을 하라. 일어나는 일을 분별, 해석, 판단 없이 있는 그대로 허용해주는 것이 곧 진리와 하나 되는 중도의 실천이다.

괴롭고, 아프고, 슬프고, 답답하고, 가난하고, 남들보다 못난 그대로 당신은 온전하다. 그 모든 아프고 싫은 요소들이 없어지고 난 뒤에 더 완전해지는 것이 아니다. 그것을 없애려는 생각만 없다면, 지금 이대로, 그 모든 문제를 안고 있는 그대로 아무런 문제가 없다.

바로 그 문제를 있는 그대로 경험하고, 온전히 허용하

고, 그것으로 살아줄 때, 비로소 내가 본래 이대로 완전한 부처였음이 드러나게 될 것이다. 우리가 해야 할 것은 오로지 이것밖에 없다. 이것은 '하는' 것이 아니다. 아무것도 할 것이 없다. 수행을, 행복을 위해 그 무엇도 할 것이 없다. 그저 지금 이대로 있을 뿐. 지금 나에게 찾아온 것이 무엇이든 그것과 함께 있어 주면 된다. 지금 이대로가 바로 그것이다.

너희 앞에 있는 것을 알라

예수께서 말씀하신다.

'너희 앞에 있는 것을 알아라. 그때 너희에게 감추어졌던 것들이 드러날 것이다. 그때, 네 앞에 모든 것이 드러나며 숨겨진 것은 없을 것이다.'

『도마복음』

『도마복음』은 사복음서와 같이 정경으로 채택되지 않은 외경이며, 예수님의 생애 등을 빼고 선어록처럼 예수의 어록을 담고 있는 복음서다. 『도마복음』에는 예수님의 수행자다운, 선사다운 지혜의 말씀들이 담겨 있다. 예수님의 말씀처럼, 우리 눈 앞에, 목전에 진리는 드러나 있다. 이를 선(禪)에서는 '목전(目前)의 당처(當處)'라고 한다. 눈 앞에 진리는 숨겨지지 않고 100% 다 드러나 있다는 뜻이다.

분별의 눈으로 보지 않으면, 있는 그대로를 그저 있는 그대로 보면, 우리 앞에 모든 것이 있다. 거기에 진실이 있고 진리가 있다.

나의 진실이 눈 앞에 다 드러나 있다. 언제나 이렇게 늘 있는 것이 있을 뿐이다. 있는 이대로의 진실을 내 식대로 해석하고, 색안경으로 걸러서 보고, 분별하여 바라보면 내가 의식으로 만든 거대한 환영의 세계가 창조되지만, 그저 있는 그대로 보면 그저 이러할 뿐이다.

지금 이것이 전부다. 더 무엇이 필요한가? 목이 마르면 물을 마신다. 들숨이 들어오면 곧장 날숨이 나간다. 배가 고프면 먹을 것을 찾는다. 이것이 전부다.

모든 것은 이렇게 다 드러나 있다.

지금 있는 것에 대항하지 않으면

지금 당신의 눈 앞에 무엇이 보이는가? 지금 여기에 무엇이 있는가? '지금 있는 이것'이 진실이다. '지금 이대로'가 전부다. 정말 그렇지 않은가? 이것만을 우리는 평생토록 주야장천 살아왔으니까. 이것이 관념적인 말인가? 아니다. 이것은 생생한 경험으로, 삶으로 증명된 명백한 사실이다. 그리고 그렇게 스스로의 경험으로 증명된 것만이 진실이다.

삶은 언제나 '지금 있는 이것'이다.

다만, 내 생각이 '지금 있는 이것'은 싫고 '내가 생각해 둔 더 좋은 것이 있으니 그것을 가져와!'라고 말할 뿐이다. 그러면서 '지금 있는 이것'은 싫으니 이것을 피해 도망치기 위해 애를 쓴다. 혹은 '지금 있는 이것'이 너무 좋아 보여서 집착과 애착을 일으켜, '지금 있는 이만큼 보다 더 있었으면 좋겠어'라고 말한다. 그러나 현실은 어떤가? 지금 있는 이만큼만 언제나 있을 뿐이다.

우리는 이것과 늘 싸우고 있다. 생각은 언제나, 지금 있는 만큼보다 더 많거나, 더 적게 현실을 바꾸려고 기를 쓴다. 분별심은 언제나 지금 있는 것을 집착하거나, 거부한다. 그래 봤자, 삶은 언제나 '지금 있는 이대로'를 우리 앞에 대령시키고야 만다. 우리가 어떤 생각을 하든, 상관치 않고 늘 한결같이 '지금 있는 이것'만을 펼쳐 보인다.

삶과 우리는 평생토록 싸워왔다. 평생 우리는 졌고, 그로 인해 괴로워했다. 몇십 년 그렇게 당해왔으면 이제 눈치를 챌 때가 되지 않았는가? '아하! 지금 있는 이것이 전부구나. 삶이란 늘 지금 있는 이것이었구나. 괜히 지금 있는 이것과 대항해 온 것이었구나'하고 눈치채고, 깨달아, 현실과 싸우거나, 현실을 피해 달아나려 하던 모든 노력을 멈추고, 지금 있는 이것과 함께 살아줄 때가 되지 않았나?

지금 있는 이것과 함께 춤을 추고 마음껏 놀아주라. 지금 있는 이것을 받아들이게 되면, 삶에 더는 할 일이 없다. 힘쓰고, 힘 빼고, 짜증 내고, 싸우고, 도망칠 일이 사라진다. 가볍게, 즐기듯, 놀이하듯, 릴렉스한 상태에서 살아가면서도 그 무위함이 없는 가운데 무한한 힘과 지혜와 열정이 삶을 꽃피우게 된다. 아름다운 한 송이 장엄한 연꽃이 피어난다.

고통, 병, 역경이 오는 이유

이 세상을 사바세계(娑婆世界)라고 한다. 사바세계란 고통을 감내하는 세계란 뜻이다. 이 세상은 생로병사로 대표되는 수많은 고통을 경험하는 것을 통해 진리를 깨달아가는 곳이다. 고통, 역경, 괴로움이 왔다는 것은 곧 그것을 통해 깨달을 때가 왔음을 알려주는 신호와도 같다. 즉 고통, 역경, 괴로움은 곧 우리가 '무엇'을 피해 달아나고 있는지, '무엇'을 거부하고 있는지, '무엇'을 제거하려고 하는지, '무엇'과 싸우고 있는지를 여실하게 깨닫도록 해 준다. 고통, 역경, 괴로움은 우리를 힘들게 하지만, 그것을 깊이 들여다보면 그것을 통해 진실에 이를 수 있다. 그런데도 우리는 고통, 역경, 괴로움을 내 인생에 오면 안 될 것이고, 없애버려야 할 것이라고 여긴다. 그래서 그것이 오자마자, 거부하고, 싸우고, 도망치고, 제거하려 한다. 왜 고통과 싸워야 하는가? 왜 역경을 피해 달아나야 하지? 왜 괴로움을 내 인생에서 없애려고 그렇게 큰 노력을 하는가? 그것은 이미 내 삶에 와 있다.

그것은 이미 받아들여지고 있다. 지금 이 순간의 진실은, 그것이 이렇게 경험되고 있다는 사실이다. 그것을 허락해 주어 보라. 그것이 왔다는 것은 와야 했기에 온 것이다. 그것을 경험해 주어야 했기 때문에 경험하고 있는 것이다. 마땅히 경험해 주라. 아니 저절로 경험되고 있다. 그것을 허용하라. 마주하라. 바라보라. 그것은 진실을 가리키고 있다. 사실 그것은 당신을 돕고 있다. 그것을 받아들인다고 해서 당신이 죽지는 않는다. 오히려 그 반대다. 그것이 곧 나 자신이다.

고통, 통증, 역경, 괴로움이 올 때 그런 이름, 명칭, 판단을 붙이지 않고 그저 일어나는 그대로를 경험하기만 한다면, 그것이 당신을 진실로 데려다줄 것이다. 아니 그것 자체가 온전한 진실이고, 그것 자체가 그대로 나 자신의 진실이다. 언제나 지금 여기에 있는 진실과 마주하라. 지금 있는 것이 전부다. 지금 있는 것과 함께 있는 것이 마음공부이고 중도의 길이다.

진정한 치유는 자기 생각을 치유하는 것

참된 치유는 모든 고통, 통증, 아픔, 상처, 괴로움이 사라진 상태가 아니다. 고통, 통증, 상처, 아픔을 버리고, 행복, 완쾌, 건강을 향해 나아가려고 할 때, 지금 이 순간의 나는 '나쁜 상태', '없어야 할 상황', '아픈 상태'가 되어버린다. 통증과 고통이 나를 한 번 죽이고, 내 생각이 '이런 병든 나를 버리고 건강한 나로 옮겨 가야 해'라고 말함으로써, 지금의 아픈 나를 또 한 번 죽여버린다. 그렇게 건강을 추구할 때, 지금 이대로인 아픈 나는 없어져야 할 대상으로 전락하고 만다.

지금 이렇게 아픈 나는 그럼 어디로 가야 하지? 지금 이렇게 고통 받는 나는 누가 어루만져 주나? 내가 나를 버리고, 다른 곳으로 가려고 하니 말이다. 그것은 나를 치유하는 것이 아니라, 나에게 더 큰 상처를 주는 것이다.

진정한 치유는 고통, 상처, 통증은 없어져야만 한다는 자기 생각을 치유하는 것이다. 병의 피해자라는 생각을 치유해야 한다. 그리하여, 진정한 치유는 지금 이대로의 아픈 나, 상처받은 나, 고통스러운 나를 있는 그대로 깊이 받아들여 주고, 지금 이대로를 사랑해 줄 때 시작된다. 병, 아픔, 상처, 통증이 깊이 온전히 받아들여질 때, 완전히 내게서 허용될 때, 있는 그대로 사랑해 줄 때, 더는 거부하지 않을 때, 그때 그 아픔, 상처, 고통은 자신이 할 일을 다 했기에 이제는 떠나가야 할 일만이 남게 된다.

그러나 여전히 아플 수도 있다. 생겨난 모든 것은 생주이멸하듯, 생겨났기에 어느 정도 머물러 있을 시간이 필요하다. 충분히 머물도록 해 주어야만, 자기의 시절 인연이 다했음을 자각하고 떠나가게 될 것이다. 충분히 받아들임으로써, 그것이 온전히 머물도록, 흡수되도록, 사랑받도록, 여기에 있도록 허락해 주라. 그 사랑으로 인해, 받아들임으로 인해, 곧 진정한 치유가 시작될 것이다.

집, 차, 돈보다 더 귀한 것

우리 눈 앞에 있는 현상적인 대상들은 전부 생겨났다가 사라지는 허망한 것들이다. 이 말을 진지하게 사유해 보라. 내가 그렇게 아끼고 사랑하고 행복이라고 여기는 그 모든 것들의 속성을 이해하는 것이 중요하다. 그것들은 삼법인(三法印)이 설하듯, 전부 무상(無常), 무아(無我)이기에 고(苦)인 것들이다. 항상 하지 않고, 실체적인 자아가 없으며, 그렇기에 반드시 허망하게 무너질 것들이다. 돈, 명예, 권력, 사랑, 자녀, 빌딩, 부동산, 좋은 차, 좋은 가방 등 이 모든 것들은 우리의 '생각' 속에서 너무나도 환상적으로 추구되는 것들이다. 나를 사로잡아 그것들을 위해 끊임없이 일하게 만든다. 그러나 가만히 생각해 보자.

돈이 여기 있다. 이건 그냥 휴지 조각일 뿐인 것은 아닐까? 물론 그것으로 맛있는 음식, 옷, 집과 차를 살 수는 있다. 그러면 옷, 차, 집을 보라. 그것들은 그저 천 조각을 덧붙인 것들이고, 차는 쇳덩이 같은 것들을 조합시켜 놓은 것이며, 집도 콘크리트를 쌓아 올린 것일 뿐이다. 물론 '생각'은 이런 말을 듣고, 발끈할 것이다. 그 '생각'을 빼고, 이것들을 있는 그대로 볼 수는 없을까? 생각이 옷과 차와 집을 화려하게 치장하고, 가치를 부여하고, 대단한 행복의 조건으로 만들어낸 그 조각을 믿지 말고, 그저 있는 그대로 보라는 것이다. 아무것도 아니지 않은가.

그리고, 눈을 돌려 지금 눈 앞에 있는 차 한 잔의 그윽함을 마셔 보라. 눈길을 창밖의 나무 한 그루로, 피어나는 꽃 한 송이로, 구름 한 점 없는 푸른 하늘로 돌이켜 보라. 과연 옷, 집, 차 같은 것들이 지금 우리 눈 앞에 있는 이 나무 한 그루, 푸른 하늘과 구름보다 더 값진 것이 확실한가? 더 아름다운 것, 더 귀한 것이 정말 맞나? 아니면 생각이 그렇다고 해서 그렇다고 믿어온 것은 아닌가? 사실, 지금 이 순간, 진정 아름다운 것, 귀한 것, 진실한 것은 다 드러나 있다. 이렇게. 이것을 버리고, 생각이 만든 가상의 추구할 것들에 사로잡히면, 결국 허망하게 사라질 때 괴로울 뿐이다.

the rich

부자
수업

Part 2

제1장

주는 것이 받는 것이다

균형의 법칙

전 세계적으로 흥행한 영화 〈아바타〉에서 오래 기억에 남는 장면이 있다.

남자 주인공이 에이와에게 기도한다.

"전쟁에서 이길 수 있도록 해주세요."

'에이와'는 영화에서 '어머니의 대지', 근원적인 '진리의 본성'이고, 종교적으로는 '신성'이나 '영성', '불성' 정도의 의미가 있다.

그 기도를 듣고 여주인공이 말한다.

"에이와는 누구의 편도 들지 않아. 오직 삶의 균형을 맞출 뿐이지."

이 우주 법계의 근원적인 진리의 에너지는 누구의 편을 드는 것이 아니라, 다만 우주적인 에너지의 균형을 맞추고, 삶의 균형을 맞출 뿐이라는 의미이다.

이 우주의 본질적인 에너지는 누구의 편을 들어주지 않는다. 부처님도, 하느님도, 우리가 알고 있는 모든 진리 또는 우주의 본성에는 편이 없다. 그 어떤 것도 둘로 나누어 편들거나 차별하는 일을 하지 않는다. 네 종교와 내 종교, 네 나라와 내 나라, 선과 악을 나누지 않는다. 그저 항상 균형을 맞추는 쪽으로 흐를 뿐이다.

복수할 것인가 용서할 것인가

'업보(業報)'라는 것도 마찬가지다. 악업을 지으면 그 악업에 대한 인과응보를 받는다. 그래야만 에너지 균형이 이루어진다. 우리는 나에게 잘못한 누군가를 직접 단죄하려 한다. 원한을 갚아야만 후련하다고 느낀다. 그러나 진리의 입장에서는 그렇지 않다. 그 사람을 직접 찾아가서 똑같은 방식으로 괴롭힘으로써 내가 굳이 에너지 균형을 맞추려고 애쓸 필요가 없다는 말이다. 그것은 내가 아니라 우주 법계의 몫이다. 내가 마음을 어지럽혀 가며 균형을 맞추려 하지 않더라도 그것은 우주 법계에서, 진리의 세계에서 알아서 다 해 줄 것이다.

인과응보를, 균형의 법칙을 주관하는 쪽은 언제나 우주 법계다. 우리는 그저 내버려 두어야 한다. 화와 증오, 미움과 원망으로 가득한 복수는 오히려 일을 그르치고 만다. 또 다른 불균형을 초래할 수밖에 없는 것이다. 우주는 아무런 분별심이나 복수심, 증오와 원망이 없는 텅 빈 자리에서 다만 자연스럽게 모든 삶의 균형을 맞출 뿐이다. 모든 존재에게 완전히 평등하며 동시에 이익이 되는 방향으로 균형의 법칙, 즉 인과응보를 주관하는 것이다.

다만 우리가 해야 할 일은 미움과 증오로 오염된 나의 마음을 정화하고 상대방을 용서하는 것이다. 그것이야말로 지혜로운 수행자가 균형이 깨진 상황을 다루는 방식이며, 오염된 마음을 다스리는 방법이다. 누군가가 미워 마음에 원망과 증오가 생겼다면 그 원망과 증오의 마음은 누구의 것일까? 바로 '내 마음'이다. 그러니 상대방을 미워하면 다치는 것은 내 마음이다. 오직 내 마음이 증오로 인한 상처를 받게 될 뿐이다.

이처럼 누군가를 미워하는 것은, 자신을 미워하는 것과 같다. 누군가에게 원한을 품는 것은 자신에게 원한을 품는 것과 같다.

사실 이 우주 법계는 너와 나의 구분이 없다. 그러니 복수하려는 마음을 놓아버리고, 그것은 우주 법계의 몫으로 넘겨버리고, 오직 용서하고 참회하면 그뿐이다. 이는 온전히 자신을 위한 것이다. 용서하게 되었을 때 사실은 상대방이 용서받는 것이 아니라, 나 자신이 용서받게 되는 것이다. 용서와 참회를 통해 내 마음이 맑게 정화되고 비워져야만 앞으로의 내 삶도 평탄해질 수 있는 것이다.

아들이 된 원수

미국에서 한 아이가 친구 총에 맞아 사망한 사건이 일어났다. 비탄에 빠진 부모는 복수를 위해 아들을 죽인 원수를 찾아갔다. 하지만 혼자서 동생을 돌보며 어렵게 살아가는 아이의 모습이 문득 가엽게 느껴졌다. 그래서 자신이 누구인지 말하지 않은 채 음식과 약간의 돈을 남기고 발길을 돌렸다.

그런데 아무리 생각해도 너무너무 억울했다. 그래서 다시 찾아갔지만 가서 보니 또 가여워서 한 번 더 도움을 주고 왔다. 그 일이 반복되면서 정이 들고 인연이 되어 부모는 결국 이 아이를 아들로 받아들였다. 돌보면서 용서하고 사랑으로 품은 것이다. 만약 원한과 증오를 계속 가슴에 품고 있었다면 이 사람은 자신을 망쳤을 것이다.

연쇄살인범에게 아내와 딸을 잃고, 증오심과 복수심으로 괴로워하다가 결국 병을 얻게 된 분이 있었다. 더는 회생이 어려울 정도로 몸이 망가지고 만 것이다. 사실 이처럼 누군가를 지독히 미워하고 증오하게 되면 내가 먼저 병이 들 수밖에 없는 것이 우주의 이치다.

그런데 문득 저 사람도 얼마나 삶이 힘들고 고통스러웠으면 그랬을까 하는 생각이 들었단다. 행복하고 따뜻한 가정에서 태어나 자랐다면 과연 저렇게 되었을지. 이런 짓을 저지를 정도로 아프고 괴로웠던 것은 아닐지. 저럴 수밖에 없던 연쇄살인범 또한 피해자일 수 있겠다는 생각에 결국 그는 아내와 딸을 죽인 살인범을 마음에서 완전히 용서했다. 그런데 용서함과 동시에 놀라운 일이 벌어졌다. 몸의 온갖 질병들이 회복되기 시작했다. 결국, 완전히 건강을 되찾았다.

이와 같다. 아무리 나쁜 원수라고 할지라도 그를 미워하고 원한심을 일으키면 그 마음은 내 것이기 때문에 오히려 내 마음과 몸이 먼저 다치고 병이 날 수밖에 없다. 마음 속 증오는 고스란히 내 안에서 어둡고 탁한 에너지의 형태로 작용한다.

우리는 이 세상을 직접 단죄할 필요가 없다. 아무리 원수라고 할지라도 내 손으로 단죄할 필요가 없다. 그것은 우주 법계의 몫이다. 우주가 알아서 조화롭게 균형을 맞춰줄 것이다. 그러니 우리는 이 세상 모든 사람을 용서하고 사랑하고 원한심을 내려놓을 수 있어야 한다. 자신을 위해서라도 그렇게 해야 한다.

내보냄의 법칙 vs 끌어당김의 법칙

우주 법계는 항상 모든 존재 사이의 균형을 맞춰주는 방향으로 흐르고 있다. 나를 중심으로 나가는 것과 들어오는 것 사이에는 항상 균형이 맞게 되어있다. 내가 누군가를 미워하고 증오하고 괴롭히고 헐뜯는 마음을 내보내면, 이 세상이 나를 미워하고 증오하고 괴롭히고 헐뜯을 일들을 만들어낸다. 의식의 상태를 고스란히 삶으로 투영시키는 것이다.

미워하면 미움받을 일이 생겨나고, 증오하면 나를 증오하는 사람들이 자꾸만 생겨난다. 반대로 누군가를 사랑하고 감싸주고 고마워하면, 주변에서 나를 사랑하고 나에게 고마워하며 나를 감싸주는 따뜻한 인연들을 자꾸만 만나게 될 것이다. 우주는 언제나 '내보낸 것이 곧 끌어 당겨진다'라는 균형의 법칙에 따라 운행된다. 우주는 내가 내보내는 것에 관심을 기울이고 있다가 균형에 맞게 다시 되돌려 준다. 우리로서는 내보낸 것이 곧 끌어 당겨지는 것이다. 이는 모든 것에 적용되는 법칙이다. 말과 생각과 행동, 물질과 정신세계에 아울러 적용된다. 내가 어떤 말, 어떤 생각, 어떤 행동을 내보냈느냐에 따라 인생을 살면서 타인으로부터 어떤 말을 많이 듣고, 타인에게 어떻게 받아들여지며, 타인이 내게 어떤 행동을 할지가 결정된다.

이것이 바로 신구의(身口意) 삼업(三業)이다. 어떤 행동을 하느냐, 어떤 말을 하느냐, 어떤 생각을 했느냐에 따라 우리의 삶은 창조된다. 신구의 삼업이야말로 삶을 창조하는 세 가지 도구다. 신구의 삼업 가운데 나는 이 세상에 무엇을 매일매일 내보내고 있는가 생각해 볼 일이다. 거친 말을 내보내면 거친 말이, 욕을 내보내면 욕이, 사랑스러운 말을 내보내면 사랑스러운 말이 돌아올 것이다. 내가 타인에게 행한 말이, 머지않은 미래에 내가 누군가에게서 듣게 될 말이란 사실을 분명히 자각할 수 있어야 한다.

이 우주에 있는 모든 것은 파동 형태의 에너지를 가지고 있다. 말 한마디에도 강력한 힘을 가진 독특한 에너지 파동이 담겨있다. 양자물리학에서는 1㎤ 속에 담긴 파동의 힘이 1094 erg라고 하는데, 이것은 알려진 우주의 모든 물질 에너지의 총합보다 억만의 억만의 억만의 억만의 억만 배보다 많다고 한다. 생각도 파동이고, 말 한마디도 파동이다. 물질적, 정신적인 모든 것이 파동으로 이루어져 있다. 이처럼 생각 하나, 말 한마디가 상상할 수 없는 크기의 에너지 파동으로 우주 끝까지 퍼져 나갔다 다시 내게로 되돌아오는 것이다. 내보낸 것이 끌어당겨진다는 것이다. 그런데 끌어당겨질 때는 엄청난 힘을 동반한 채 내 앞의 현실을 창조하는 방식으로 온다.

모든 것이 마찬가지다. 내보내는 것이 곧 나에게 들어오는 것이다. 나가는 것과 들어오는 것, 이 두 가지는 결코 다른 말이 아니다.

주는 것 = 받는 것

'주는 것'은 곧 '받는 것'을 의미한다. 남들에게 물질적으로 나누어 준다는 것은 내가 물질적으로 풍요로워진다는 것과 다르지 않다.

그런데 우리는 내보내는 것, 자비를 나누는 것, 사랑을 베푸는 것, 이웃에게 기부하는 것에는 별로 관심이 없다. 손해 보는 것 같기 때문이다. 그래서 들어오는 것에만 관심을 기울인다. 어떻게 하면 내가 좀 더 돈을 벌 수 있을까, 어떻게 하면 내가 좀 더 높은 자리에 올라갈 수 있을까 생각한다. 업(業)에 따라 보(報)가 오는데, 업은 짓지 않고 과보만을 바라는 것이다.

이러한 사람들의 마음을 파고들어 폭발적인 관심을 받은 책이 바로 『시크릿』이다. 부와 명예와 권력과 건강과 그

밖의 모든 것을 끌어당길 수 있다는 내용이다. 물론 완전히 틀린 말은 아니다. 때로는 무엇이든 끌어당길 수 있다. 하지만 내보내야만 비로소 가능한 일이다. 그럼에도 불구하고 끌어당기는 데 중점을 둔 것은 사람들의 구미에 더 와닿기 때문일 것이다.

끌어당기는 것에 중점을 두었을 때와 내보내는 것에 중점을 두었을 때 어떤 차이가 생길까? 부자가 되고 싶다면 먼저 자신이 마음으로 풍요로움을 느끼고 만족하면서 남들에게 베풀어야 한다. 베풀어야 끌어당겨지니 말이다. 그런데 끌어당겨지는 데만 관심을 두면 계산적인 마음으로 베풀게 된다. 끌어당겨질 것을 염두에 두고 내보낸다는 말이다. '내가 부자가 되려면 베풀어야지' 하는 순수하지 않은 마음으로 베푸는 것이다.

불교에서는 무주상보시(無住相布施), 즉 상에 머무는 바 없이 보시하라고 한다. 결과를 생각하지 말고 순수하게 보시하라는 뜻이다. 들어오는 것을 생각하고 내보내면 안 된다. 마음에 계산이 깔리면 순수하지 못하기 때문에 우주의 근원적인 에너지가 붙지 않는다. 끌어당김의 법칙에는 이런 부작용이 있을 수 있다. 그래서 불교에서는 끌어당김의 법칙이 아니라 내보냄의 법칙을 말한다. 내가 무엇을 세상에 내보낼지, 무엇을 베풀지, 어떤 업을 지을 지가 중요한 것이다.

끌어당김이라는 단어는 목적과 결과와 미래를 중요시한다. 하지만 우리가 지금, 이 순간에 할 수 있는 것은 다만 무엇을 내보낼지를 결정하고 행동하는 일뿐이다. 목적과 미래와 결과에 치중하게 되면 순수성을 의심받게 되고, 그런 마음에는 우주의 무한한 지혜와 자비의 힘이 붙지 않는다. 결코, 우주를 감동하게 할 수 없다.

업을 지음과 동시에 받는다

업을 짓게 되면 언젠가는 받는다. 그러나 본질적일 때 내보냄과 동시에 받는다. 업을 지음과 동시에 보를 받게 되는 것이다. 시간은 결국 우리가 만든 허망한 생각일 뿐이다. 시간이라는 허상을 초월하면 업보의 동시성을 이해하는 일이 어렵지 않다. 수행력이 깊은 수행자는 마음을 일으키는 순간 현실이 되곤 한다. 이 순간의 생각과 말과 행동이 당장에 과보로 돌아오는 것이다. 이 우주와 일치를 이루고 있는 사람일수록, 집착과 번뇌와 욕망과 아상이 적은 사람일수록 베풂과 동시에 들어오는 것을 경험하곤 한다.

마음을 냄과 동시에 현실은 이루어진다. 그렇다면 우리는 왜 시간이 걸리는 것일까? 스스로 시간이 걸린다고 생각하기 때문이다. 우리는 뭔가 마음을 내고 나서 그것이 이루어지기 위해서는 어느 정도 시간이 필요하다고 생각한다. 생각과 판단이, 시간이라는 허망한 관념에 묶여 있는 것이다. 양자물리학에서도 얘기한다. 시간은 없다. 원인, 즉 결과만 있을 뿐이다.

진리의 차원에서는 원인 속에 결과가 오롯이 담겨있다.

법계와 일치를 이루는 상황에서는 씨앗을 심음과 동시에 열매가 맺힌다. 이것이 곧 불교의 불이법(不二法)이며, 비인비과(非因非果)다. 그러나 우리는 아직 법계의 진리와 하나되지 않았기 때문에, 시간의 관념 속에 묶여 있는 사람이기 때문에, 시간이 걸린다고 생각하기 때문에 우주는 내가 믿는 대로 보내주는 것이다. 시간이 걸린다고 믿으니까 시간이 걸리게 하여 우리에게 주는 것이다. 우주의 원칙 때문이 아니라 우리가 스스로 그렇게 믿기 때문이다.

사실 내보내는 것은 곧바로 들어오는 것이다. 시간의 틀에 얽매이지 않는 사람일수록, 즉 깨달음에 가까운 사람일수록 내보냄과 동시에 받는다. 그러니 내가 무엇을 받을 것이냐, 얼마만큼 부자가 될 것이냐, 얼마만큼 높은 자리에 오를 것이냐, 얼마만큼 행복해질 것이냐에 관심 두지 말자.

그런 것들은 생각할 필요가 없다.

우리가 생각해야 할 것은 무엇을 끌어당길 것이냐가 아니다. 이 세상에 무엇을 내보낼 것인가, 죽을 때까지 이 세상을 얼마만큼 밝히고 떠날 수 있는가, 내가 내보내는 것으로 인해서 세상이 얼마만큼 밝아졌는가, 내가 따뜻한 말 한마디를 내보냄으로써 얼마나 많은 사람이 행복해 할 것인가에 초점을 맞추어야 한다.

그러려면, 먼저 나 스스로가 만족스럽고, 풍요롭고, 충분하며, 지금 이대로 완전하고 행복한 사람으로 존재해야 한다. 충만함으로 존재할 때는 저절로 충만함이 새어 나온다. 풍요가 퍼져 나간다. 나라는 존재 자체가 저절로 풍요, 만족, 감사, 사랑, 행복, 지혜를 내보내는 공덕신(功德身)으로 변한다. 어두운 파장을 내보내면, 그 사람만 어두워지는 것이 아니다. 우주 법계를 어둡게 만드는 것이다. 우주 법계는 너와 나라는 경계가 없다. 너와 내가 둘이 아닌 하나다.

A라는 사람이 나한테 도움도 안 될 것 같고, 별 볼 일 없는 사람인 것 같아 무시하고 욕을 했다고 가정해 보자.

그것은 우주 법계를 무시하고 법계를 욕하는 것이다. 부처님을 욕하는 것이다. 결국, 고스란히 돌아온다. 우주 법계에서는 내보내는 것이 들어올 뿐이지, 높다 낮다는 차별이 없다. 다만 내보내는 것이 바로 들어올 뿐이다.

‘부자’를 원했는데 ‘가난’이 오는 이유

보통 사람들은 자식에게 좋은 성적 좀 받아오라고 다그친다. 이것은 내가 자식을 향해서 나쁜 성적에 대한 에너지를 내뿜는 것이다. 그러면 당연히 나쁜 성적에 대한 에너지가 더 들어온다. 나쁜 성적 받아 온 자식을 보면서 ‘좋은 성적’을 받아오라고 주문하고 있지만 좋은 성적에 집착할수록 부모님의 마음은 사실 ‘나쁜 성적’에 더욱 머물게 된다. 나쁜 성적을 두려워하는 마음이 오히려 나쁜 성적을 끌어당긴다. 유유상종(類類相從)의 법칙대로, 나에게 있는 것, 즉 두려움을 우주는 계속 더 체험하도록 끌어들인다. 자기 안에 쌓인 것, 즉 업(業)이 그대로 업보라는 결과를 가져오기 때문이다.

나쁜 성적으로 인해 마음이 상하고 기분이 나쁘다는 것 자체가 바로 나쁜 성적에 마음을 모았다는 방증이다. 만약 좋은 성적에 마음을 모았다면 기분이 나쁘지는 않을 것이다. 그렇기에 자식에게 좋은 성적을 주문하면 할수록, 나쁜 성적 때문에 스트레스받으면 받을수록 사실은 마음속에서 나쁜 성적을 내보내는 것이다. 나쁜 성적을 내보내니 당연히 내보낸 것이 끌어당겨지는 이치에 따라 다시 나쁜 성적을 받아오는 것이다.

실제로 부모가 좋은 성적에 집착해 공부하라고 닦달할수록 자식은 공부하기 싫어서가 아니라 부모님에 대한 반발심 때문에 공부를 더욱 안 하는 경우가 많다. 부모님의 그 마음이 자식의 마음으로 가 단번에 작용하는 것이다. 부모님이 자식 때문에 괴로운 마음을 내보내니, 자식은 나쁜 성적 받는 것으로 고스란히 되돌려 주는 것이다.

많은 사람이 부자가 되고 싶어 한다. 하지만 마음은 자신이 가난하다는 생각에 집중되어 있다. 그러니 부자가 될 수 없는 것이다. '나는 가난하다'라는 에너지를 내보내니 우주가 가난을 보내주는 것이다.

똑같은 연봉을 받아도 누군가는 행복하고 누군가는 괴

로울 수 있다. 같은 현실이지만 만족하고 나누면서 행복해하는 사람에게는 우주 법계가 더 많은 풍요로움을 가져다준다. 반면 내 연봉은 적다, 나는 가난하다는 에너지를 내뿜는 사람에게는 그만큼밖에 보내줄 수 없다.

모두 한 생각이다. 부자가 되는 것, 가난하게 되는 것은 사실 한 생각에서 비롯된다. 마음이, 생각이, 내면이 가난하니 가난한 현실이 나타나는 것이다. 마음이 풍요롭고, 내면이 부유하면 현실 세계에도 머지않아 풍요와 부유함이 드러날 수밖에 없다.

바로 그 한 생각을 어떻게 다스리느냐 하는 것이 바로 마음공부의 초급 과정이다. 마음공부를 잘하면 부자도 될 수 있고, 풍요도 얻을 수 있다. 물론 마음공부를 정말 잘한다면, 애써 부자를 원하지도 않을 것이다. 외부적인 경제적 상황과는 상관없이 마음이 온통 풍요로워 언제 어디서나 만족할 것이다. 그러면 애써 원할 것도 없이 존재 자체로 이미 부자다!

더 깊은 차원으로 들어가면 인위적으로 애써 부자가 되

고 성공을 통해 부와 명예를 얻게 되는 것이 전부가 아님을 깨닫게 된다. 억지로 만들지 않더라도, 내보내고 끌어당기고 하지 않더라도 그저 지금 있는 그대로 여여하고 평화롭고 그저 충분한 것이다.

부자가 되기 위한 마음 상태

'10억을 번다'라는 것은 대단한 얘기가 아닌가? '100억을 끌어들인다'라는 것은 더욱더 대단한 얘기다. 그러나 우리는 '내 인생에서 100억을 벌 수 있을까?', '100억은 내 인생에서 꿈같은 돈이야. 나는 안 돼!'라는 한 생각에 묶여 있다. 한계선을 만들고, 스스로 딱 닫아놓는 것이다. 우주 법계는 내가 정해놓은 틀을 벗어나지 않는다. 물론 스스로 정해놨으나, 과거 전생에 복 지은 것이 워낙 많다면 생각 에너지를 복 에너지가 넘을 수는 있다. 그러나 스스로 한계선이라는 울타리를 만들면 우주 법계는 애써 반대하지 않을 것이다. 왜 그러겠는가.

우리가 마음을 어떤 기준에 두느냐에 따라 우주 법계는 항상 그것을 보내줄 뿐이다. 따라서 받고 싶은 게 있다면 그것을 먼저 내보내야 한다. 그런데 우리는 거꾸로 한다.

친구가 좀 더 나한테 잘해주길 바라고, 배우자가 좀 더 나에게 잘해주길 바란다. 나한테 좀 더 잘해줄 수 없을까 하고 마음으로든 말로든 부족한 걸 자꾸 내보내니 상대방이 나아질 수 없는 것이다.

내가 부족함을 내보내면 상대는 부족한 부분을 나에게 보여준다. 상대의 잘못이 아니다. 이는 우주 법칙이다. 반면에 내가 먼저 친절하고, 잘 대해주며, 따뜻하게 말하기 시작하면 놀랍도록 빠르게 그는 변화할 것이다. 자신이 바뀌지 않고는 결코 내 인연이 바뀔 수 없다. 내 의식이 성숙해지지 않고서는 절대로 내 바깥에 있는 사람들의 의식이 성숙할 수 없다. 내가 먼저 무한한 사랑을 베풀어야 나 또한 무한한 사랑을 받을 수 있다. 내가 하는 딱 그만큼만 돌려받을 수 있다. 내보내지도 않았는데 들어올 리 만무하다.

그래서 내가 변하면 세상이 변하는 것이다.

내가 변하지 않고서는 결코 이 우주 법계가 변할 수 없다. 세상은 그대로일지라도 마음공부를 하기 전과 후의 마음가짐은 완전히 다르다. 같은 조건 속에서 어마어마한 행복을 경험하는 사람도 있고, 반대로 큰 좌절과 불행을 경험하는 사람도 있다. 그러니 내가 무엇을 내보내는지 어떤 마음을 내보내며 사는지 살펴야 한다.

사랑을 내보내고, 감사를 내보내고, 만족을 내보내고, 풍요를 내보내려면 내가 사랑을 느끼고, 감사를 느끼며, 진정으로 만족하며, 풍요로움을 느껴야 한다. 그것이 먼저다.

원금의 수백 수천 배를 받는다

풍요로움을 느끼고 싶지만 풍요로운 마음을 내보내기가 좀처럼 쉽지 않다. 왜 그럴까?

마음속에 나는 부족하다는 생각이 가득하기 때문이다. 그러면 베풀고 보시할수록 내 것이 자꾸 줄어드는 기분이 든다. 나의 돈과 마음은 한정되어 있으니 말이다. 정말 그럴까? 현금 통장 잔고는 정해져 있지만, 신기하게도 베풂의 잔고는 전혀 다르다. 베풂과 나눔을 이웃에 우주 법계에 저축하면 그 이자가 무한대로 늘어나 원금을 훨씬 뛰어넘게 될 수도 있는 것이다. 『금강경』에서는 어떻게 베푸느냐에 따라 달라진다고 했다.

그 사람의 의식 자체가 베푸는 것에 초점이 맞추어져 있으면, 우주 법계는 무한정 가져다준다. 인색하게 굴 때와 베풀 때, 전혀 다른 세상이 펼쳐진다.

불교의 핵심은 지금 이대로 완전하다는 사실에 있다. 여러분의 삶은 지금 이 자체로서 완성되어 있다. 지금 이대로 완벽하다. 완벽하지 못하다는 내 생각과 판단만 있을 뿐이지, 완벽하지 못한 존재는 없다. 완전하지 못한 삶은 없다. 여러분의 인생은 완전하고 완벽하다. 완전히 풍요로운 것이다.

그런데 스스로 부족하다고 생각하면 부족한 것이다. 부족하다고 생각하면 내보낼 수가 없다. 이미 완성되어 있고 완전히 풍요롭다고 생각하면 어떤가? 내가 무한정 넘칠 수 있으니 끊임없이 베풀고 나눈다. 따뜻한 말도, 사랑도, 물질도, 부처님 가르침도, 진리도 다 내보내 준다.

스스로 만족하고, 내보내려면 내가 풍요롭다는 것을 먼저 깨달아야 한다. 자신이 얼마나 큰 존재인지 알고, 자신을 사랑할 수 있어야 한다.

여러분은 지금 생각하는 것보다 훨씬 더 크고 깊은 존

재다. 완벽하고 완전한 존재다. 풍요로운 존재다. 이를 깨닫게 되면 완전히 내보내는 작용이 저절로 이루어지게 된다. 동시에 내보내는 것이 곧 들어오는 것과 직결돼 있다는 것을 분명히 깨닫게 된다.

죽기 직전에 후회하지 않으려면

만일 일주일 후에 죽게 된다면 무엇을 할까? 생이 얼마 남지 않았는데도 계속 끌어당기며 살까? 아니다. 내보내며 살 것이다. 죽기 직전임을 아는데도 불구하고 한 푼이라도 더 벌려고, 더 쌓고 모으려고 사는 사람은 없다. 죽기 직전에는 누구나 사랑을 내보내고, 물질도 내보내고, 못했던 따뜻한 말과 마음을 베풀 것이다. 그것이 본질이기 때문이다.

사람은 누구나 죽기 직전 삶에서 가장 본질적인 것이 무엇인지를 저절로 깨달아 실천한다.

그런데 죽음은 언제나 예고 없이 찾아온다. 죽기 직전에라도 알면 뒤늦게 깨닫고 본질적인 것들을 할지 모르겠지만, 삶은 우리에게 죽을 때를 미리 알려주지 않는다. 바로 내일이 될지, 몇 시간 후가 될지 아무도 모른다. 그렇기에 정말 중요한 것을 가장 먼저 하고 살아야 한다. 죽기 직전에 가서야 비로소 '조금 더 나누고 살걸', '조금 더 베풀고 살걸'하고 후회하지 말고, 바로 지금 여기에서 '내보낼 것'을 결정짓고 실천해야 한다. 무엇을 끌어당겨 모을 것이냐가 아니라 무엇을 내보낼까를 고민해야 한다. '끌어당김의 법칙'이 아닌 '내보내는 법칙'에 마음의 초점을 맞추어야 한다. 내보내는 것이 곧 당겨지는 것이니 말이다.

나는 오늘 배우자에게, 가족에게, 직장동료에게 무엇을 내보내고 있는지를 살피며 살아야 한다. 내가 내보내는 것으로 인해서 세상이 얼마나 더 어두워졌는지, 얼마나 더 밝아졌는지 늘 염두에 두어야 한다. 끊임없이 삶을 지켜보고, 내 것을 많이 내보내고 베풀고 나누는 삶을 살아야 한다. 어떻게 하면 더 많이 벌까, 더 가져볼까, 더 소유할까, 더 끌어당겨볼까가 아닌 어떻게 하면 더 베풀까, 더 나눌까, 내 것을 더 내보낼까 사유하고 실천해야 한다. 이것이 바로 진정으로 지혜로운 자이다.

제2장

부족이라는 허구, 삶은 이미 충분하다

부족하다는 생각, 못났다는 생각

보통 '불교는 깨달음의 종교다. 그래서 스님들이 수행하고 또 신도님들도 절에 나와 기도하면서 깨닫기 위해 노력한다'라고 생각한다. 그런데 불교의 가장 근본적인 것은 '우리는 이미 깨달았다'라는 사실이다. 깨닫지 못한 중생이라는 어떤 실체와 존재가 수행이라는 것을 통해 깨달음에 이르는 것이 아니다. 부처님께서는 '우리는 수행을 통해 깨달음에 이르러야 하는 존재'라고 하기보다, '본래 부처'라고 말씀하셨다.

하지만 우리는 깨달음과는 너무나 먼 존재라는 큰 착각을 한다. 성철, 원효스님과 같은 고승이나 깨달은 선각자들과 비교하면 너무 못났고, 부끄럽고, 초라하다는 생각이 들기도 한다. 많은 사람이 자신에 대해 실망감과 좌절감을 품고 살아간다.

'나는 부족하다, 나는 지혜롭지 못하다, 나는 어리석은 중생이다'라는 생각을 토대로 삼아 인생을 살아간다면 어떻게 될까. 세상은 생존 경쟁의 장이고, 온통 두려운 곳일 뿐이며, 그 속의 나는 약하고, 지혜롭지 못하다고 생각하니 그것이 현실로 나타난다. '만법유식(萬法唯識)'이라고 해서 내가 마음에 어떤 의식을 심느냐에 따라 현실이 벌어지는 것이다.

그런데 우리는 자꾸 마음속에 '나는 부족하고, 못난 중생이다'라는 생각을 심어 놓는다. 부처님의 가르침은 그것이 아니다. '너희들은 중생이고, 너희들은 어리석다, 못났다, 죄도 많이 지었다'라는 것을 가르쳐 주려고 부처님이 온 것이 아니다. '본래 모든 중생은 사실 중생이 아니다'라는 것을 깨닫게 해 주려고 오신 것이다. 부처는 자신이 깨달은 것을 아는 중생이며, 중생은 자신이 깨달았음을 모르는 부처다.

지혜 그 자체가 바로 우리다. 완전히 깨달은 지혜에는 전혀 부족함이 없다. 완전한 사랑과 자비 그 자체로 완전하다.

왜 본래 행복, 만족, 완전, 풍요라고 하는 것일까? 그것은 바깥의 조건에 달려 있지 않기 때문이다. 그것은 전적으로 자기 마음에 달려 있다. 같은 연봉을 받으면서도 한 사람은 부족을 느끼고, 다른 사람은 풍요를 느낄 수 있다. 같은 조건 속에서 한 사람은 행복을, 다른 사람은 불행을 느낄 수도 있다. 세계 최고의 부자가 된 사람이라 할지라도 여전히 마음은 가난할 수 있다. 아무리 좋은 조건을 다 갖추어 꽉꽉 채운다고 할지라도, 거기에서 만족하지는 못할 것이다.

참된 행복, 풍요는 외적인 조건에 달린 것이 아니기 때문이다. 마음에 달렸다. 마음의 이치를 깨닫게 되면, 곧장 바로 이것을 깨닫는다. 지금 여기에서 본래 충족되어 있다는 사실, 지금 이대로 완전하다는 사실을. 그런 사람은 붓다와 예수처럼, 저 광야 속에서도 충분히 충만하며 구족되어 있고, 완전할 것이다.

다만 사람들은 자기 생각으로 남들과 비교하고 분별함으로써, 이 완전하고 풍요롭고 아름다운 세상을 자기 생각 속의 가난으로 가두고 있다. 생각 속에서는 언제나 가난하고 불행하며 여전히 궁핍하다. 여전히 해야 할 일이 넘쳐나고, 더 벌어야 하고, 그러려면 잠시도 쉬지 말고 일해야 한다.

본래는 풍요롭다

모든 수행자의 공통적인 본질은 구류중생(九類衆生), 즉 일체 생명 있는 모든 존재를 깨달음으로 이끌어 완전한 행복에 이르게 하는 것이다. '부처의 완전한 지혜와 자비가 우리에게도 동등하게 갖추어져 있다는 것'이 불교의 본뜻이다. 그런데 우리는 스스로가 어리석다고 착각하면서 그 완전성에서 너무 멀리 떨어져 있다. 그 본래 부처로 다시 되돌아가자는 것, 그것이 귀의(歸依)다. 절에 갈 때마다 불법승(佛法僧) 삼보(三寶)에 귀의하고 삼배를 하는 것도 그 때문이다. 내가 본래 부처요, 법이요, 불법으로 되돌아가고자 하는 수행자라는 것이다.

내가 바로 부처라면 무엇이 바뀔까. 부처니까 무한한 풍요로움과 지혜가 나에게 있다. 밖으로 나가서 지혜와 물질적인 풍요를 구할 것도 없다. 끊임없이 바깥을 향해 치달려 나가기만 하던 습관을 돌이켜야 한다. 그동안은 내가 부족하고 어리석은 줄 알았으니까 밖에서 지혜를 찾고, 돈과 명예와 권력을 찾고, 그밖에 수많은 것들을 밖에서 끌어당기면서 행복을 추구해 왔다. 바깥을 쫓아다니면서 온갖 좋은 것들을 끌어모으는 것, 그것이야말로 최고의 행복인 줄 알았다. 이것은 '내가 어리석다. 부족하다.'라는 생각의 토대에서 시작된 것이다.

내가 본래 지혜며 자비이고, 풍요이며 사랑이라면 바깥에서 찾고 끌어올 필요가 없다. 그렇게 하지 않더라도 행복할 수 있고, 완전히 만족할 수 있기 때문이다.

그러나 사람들은 무언가가 더 충족되고, 돈도 더 벌고, 사랑을 더 받고, 좋은 집과 차를 사야만 행복할 것이라고 여긴다. 궁핍하고, 결핍되어 있고, 부족하고, 지혜롭거나 자비롭지 않고, 사랑이 부족하다는 생각들이 우리 인생을 망치고 있다.

반대로 '나는 완전히 갖추어진 존재다'라고 믿으면 거기에 따른 행동이 나온다. '나는 사랑이 부족하지 않다'라고 생각하면 가족과 친구, 이웃과 동료들을 비롯한 모든 사람에게 사랑을 베풀 수 있다. 그럴 뿐만 아니라 마음의 여유까지 생겨난다.

보편적인 사고방식이라면 '가진 게 부족하니 베풀면 나는 또 가난해지겠구나'라고 생각할 것이다. 그렇지 않다. 사랑을, 자비를 베풀고 나면 그만큼 반드시 채워진다. 대가 없이 진심으로 베풀면 그만큼만 차는 게 아니라 훨씬 넘게 차게 된다. 그리하여 더욱더 풍요로워지고 행복해진다. '나는 풍요롭다'라는 생각으로 베푸는 것과 이 우주의 풍요로움을 내 것으로 만드는 것은 서로 다르지 않다.

베풀면 풍요로움이 끊임없이 생성될 수밖에 없다.

본래 풍요로운 존재인데 '나는 가난하다, 결핍되어 있다, 부족하다'라는 환상을 가지고 살면서부터 결핍과 가난을 창조해온 것이다. 이 생존 경쟁에서 이겨내야 내가 행복할 수 있을 것처럼 착각하고 살아왔다. 문제는 이 생각을 바꾸기가 힘들다는 것이다. 내가 본래 풍요로운 존재였다니, 도저히 이해가 안 되는 것이다. 그래서 이렇게 반문

한다.

"태어날 때부터 돈도 없고, 아무리 열심히 해도 돈을 많이 벌 수 없는데, 내가 어떻게 풍요롭다는 말입니까? 현실이 그렇지 않은데 어떻게 그렇게 생각을 해요?"

이처럼 자신이 본래 부처이며, 이미 갖춰져 있는 존재라고는 도저히 믿을 수 없을 것이다. 그러면 어떻게 해야 할까?

몸과 입과 생각의 순서대로 실천하라

신구의(身口意) 삼업(三業)으로 업을 지으면 업에 관한 결과가 나타난다. 어떤 업을 지었느냐에 따라 업에 대한 과보를 받는다. 풍요로운 업을 지으면 풍요로움의 과보를 받는다. 어떤 행위를 하느냐에 따라서 그 결과가 온다. 신구의(身口意) 삼업(三業) 가운데 가장 핵심이 되는 것이 의업(意業)이다. 생각으로 짓는 업 즉, 생각을 바꾸는 것이다. 의업을 바꾸면 모든 토대가 바뀌기 때문에 구업(口業)과 신업(身業) 즉, 말과 행동까지 바뀐다.

그런데 의업은 근원적인 토대 같은 것이기 때문에 바꾸기가 쉽지 않다. 본래 풍요롭다고 한 생각 돌이키기가 어렵다. 그럼 어떻게 해야 할까? 신구의(身口意), 이 삼업(三業)의 순서에서부터 의업(意業) 즉 생각을 바꾸기 위한 단서와 방법을 찾을 수 있다. 신구의 순서처럼, 첫째 신업(身業)은 몸으로 짓는 가장 직접적인 업이고 두 번째가 구업(口業), 말로 짓는 업이다. 의업(意業)은 근원적이긴 하지만, 아주 현실적이고 직접적인 것은 아니어서 사고방식을 바꾸기는 힘들다. 하지만 행동으로는 할 수가 있다. 생각인 의업을 바꾸려면, 더 직접적인 구업과 신업을 바꾸면 된다.

가장 직접적인 신업을 먼저 바꾸어 보는 것이다. 풍요롭다는 생각을 가지긴 어렵지만 행동할 수는 있다. '내가 만약 풍요롭다면 어떤 행동을 하게 될까'를 생각해 보고 바로 그 풍요로운 행을 저질러 해보는 것이다. 그러고 나서 풍요로운 것처럼 말하는 것이다. 스님들은 보통 '나는 중생이니까, 부처가 되려면 아직 멀었다'라고 생각하지 말고 '이미 부처인 줄 알고 부처답게 행동하라'라고 말하곤 한다. '부처다운 말을 하고 부처다운 행동을 하면 그게 바로 부처다'라는 것이다.

같은 이치다. 풍요에 기반한 업을 짓는 것이다. 먼저 신업인 행위, 구업인 말로 업을 쌓으면 의업(意業)인 생각도 뒤따라 바뀐다. 그러면 우리 운명과 삶이 바뀔 수밖에 없다. 예를 들어 마음속으로 '어려운 분들을 위해 한 100만 원 정도를 보시해야겠다'라고 생각했다. 하지만 실제로 하려면 실천이 잘 안 된다. 막상 가서 큰돈을 기부하지 못한다. 그런데 생각나자마자 바로 저질러 행동부터 하면 어떨까? 당장에 결과가 나온다. 마음속으로 기부를 생각했더라도, 곧바로 저지르지 않으면, 뒤따르는 온갖 생각들이 기부하지 못할 만한 온갖 이유를 들이댈 것이다.

생각이 많으면 아무것도 못 한다. 행동하는 자가 승리자다. 행동이 제일 직접적이다. 오히려 행동은 누구나 당장에 할 수 있다. 많이 생각하지 말고, 생각날 때 곧바로 행동에 옮기는 것이 핵심이다.

그 다음이 구업, 말로 실천하는 것이다. 어려운 이웃이 있을 때 머리로 헤아리며 재고 계산부터 할 것이 아니라, '제가 불우이웃 성금을 100만 원 내겠습니다', '제가 돕겠습니다', '그 수술비 제가 대겠습니다.'라고 말로 내뱉는 것이다. 사람들 앞에서 말을 꺼냈으니 지금 당장은 아닐지라도 언젠가 실천할 수밖에 없게 된다.

핵심은, 머리로 따지고 헤아리고 계산하고 판단 분별을

다 해보고 나서 머리에서 결론이 나면 그때 실천하겠다는 것은 불가능에 가깝다. 머리로 헤아리기 전에 먼저 말과 행동으로 실천에 옮기는 것만이 공덕이 될 수 있다.

생각을 믿지 말라

이렇듯 몸이 먼저 행동하는 신업과 말로 내뱉은 구업은 빠르지만 생각 즉 의업은 어떨까? '내가 도와야지'라는 생각만으로는 쉽게 저질러 돕지 않게 된다. 사실 생각이라는 것은 진리의 편이 아니다. 생각은 늘 아상(我相)의 편이며 아상과 아집에 기초해서 일어날 뿐이다. 따라서 생각은 항상 이기적인 마음을 돕는 쪽으로 일어나고, '이것이 나에게 도움이 될까 안 될까'를 가장 먼저 따지게 되어있다.

생각은 항상 우리를 비본질적인, 아상을 충족시키는 방향으로 몰아간다. 생각의 입장에서는 어떻게든 '나'를 도와야 한다. 이타적이기보다는 이기적인 쪽으로 늘 방향을 틀 수밖에 없는 것이 생각의 특성이다. 그렇기에 생각의 노예가 되면 아상을 강화하는 수행자답지 못한 행동, 욕심과 이기와 집착에 물드는 행동밖에 할 수가 없다. 그래서 생각

분별에 휘둘리면 안 되는 것이다. 그래서 불교에서는 무심(無心), 무분별심(無分別心)을 귀하게 여긴다.

이 마음공부는 머리에서 가슴으로의 여정이라고 할 만큼, 머리로 생각하기보다는 뜨거운 가슴에서 곧장 실천이 나오는 것이다. 생각에 끌려가는 것이 아니라, 생각을 지켜보게 되면 생각 너머의 근원적인 본질을 볼 수 있다. 분별과 생각을 비웠을 때 더 근원적이고 직관적인 영감에 다가설 수 있다.

이렇듯 생각만을 믿다 보면 언제까지고 풍요로움이 깃든 행동인 보시와 나눔은 실천하기 어려워지기 때문에 신업과 구업으로써 먼저 저질러 보시하고, 나누며 살겠다고 말로써 직접 선언하는 실천이 중요하다. 보시를 직접 행동에 옮기고 선언할 때 그 행위와 말 자체는 무한한 풍요로움을 가져오는 씨앗이 된다. 보시하고 나누는 것은 풍요롭지 않으면 못 하는 것이다. 마음이 가난한 사람은 결코 내 것을 이웃과 나누지 못한다. 나누는 행위 자체는 직접적으로 '나는 풍요롭다'라는 것을 확증하는 행동이다. 그렇기에 보시하고 나눌 때 우리 내면에는 '나는 풍요롭다'라는 근원적인 생각, 즉 의업이 토대로써 확고히 자리 잡게 된다.

이것이 바로 업의 법칙이며, 끌어당김의 법칙이다. 나누는 행위를 실천하는 것 자체가 또 다른 복을 끌어당기는 것이며, 내 안에 풍요로운 정신을 끌어들이는 것이다. 우리 내면의 근원 토대 생각은 이런 식으로 작용한다. 억지로 풍요롭다고 생각한다고 해서 풍요로워지는 것은 아니다. 먼저 보시하고 나누는 순간 저절로 내면에서는 '풍요롭다'라는 깊은 자각이 일어나 세포 하나하나에까지 퍼져 나간다.

그렇게 '풍요롭다'라는 것이 자각된다면, 그 이후에는 어떤 일이 생길까? 내면에 결핍과 가난을 심으면 현실 세계도 그쪽으로 끌어당겨지고, 풍요와 부를 심으면 현실 세계에서도 풍요로움과 부유함으로 끌어당겨진다. 마음은 현실 세계의 거울이다. 언제나 내면세계에 있는 것만이 외부로 투영되는 것일 뿐이다.

그렇기에 우리가 해야 하는 것은 돈을 버는 것이 아니라, 먼저 내면을 풍요롭게 가꾸는 것이다. 마음이 부유한 사람에게 이 우주는 당연히 걸맞은 현실 세계를 가져다주기 때문이다. 로또 같은 복권에 당첨된 사람이 얼마 안 되어 다시 가난해지는 이유가 바로 여기에 있다. 마음이 가난한 사람은 아무리 물질적으로 풍요로워도 그 마음이 그 물질적 풍요를 밀쳐낼 수밖에 없다. 마음에서 받아들일 준비가 안 되어있는 것이다. 그러면 현실에서도 그 돈과 부유함이 멀어질 수밖에 없는 일들이 일어나고 결국 얼마 못 가 그 풍요는 바닥이 나고 만다.

먼저 마음을 결핍에서 풍요로 바꾸라. 부자라는 것은 언제나 내면의 상태를 의미하지, 외적인 상태를 의미하는 것이 아니다. 마음이 먼저 풍요로워진다면 물질은 저절로 따라오게 될 것이다.

당신이 가난한 이유

우리가 가난할 수밖에 없는 가장 큰 문제는 '나는 부족하다'라고 하는 결핍된 생각에서 비롯된다. 그리고 이 문제는 가난과 부자라는 단순한 이원론을 넘어, 능력의 있고 없음, 지혜의 있고 없음, 잘나고 못남, 중생과 부처 등의 수많은 이원론적인 차별심과도 맞닿아 있다. '나는 부족하다'라는 생각은 곧 '나는 능력이 없다', '나는 못났다', '나는 실패자다', '나는 어리석은 중생이다'라는 생각과 다르지 않다.

우리는 모두 완전성과 지혜, 무한한 자비와 사랑, 풍요로움과 그 모든 덕목을 완전하게 갖춘 존재다. 우리의 본질은 부처이지 중생이 아니다. 우리의 본질은 부족이 아니며 풍요이고, 증오가 아닌 사랑이며, 무명이 아닌 지혜이다. 완전성을 갖춘 본래불인 우리를 이렇게 어리석고 부족하고 못난 중생으로 만드는 것은 무엇일까? 그 모든 것이 의식의 장난에 불과하다. 내 마음에서 모든 것을 만들어 낸 것이다. 우리는 거대한 환영에 빠져 있다. 중생이고 못났다는 환영이다. 물론 잘나고 풍요롭고 똑똑한 사람들도 있다. 그러나 그 사람들 또한 내면을 가만히 살펴보면 누구보다 조금 더 잘나고 부자고 똑똑한 것일 뿐이지 근원에서는 '완전하지 못하다'라는 불완전성에 기초하고 있음이 금방 드러나게 된다. 바로 그 불완전성과 결핍성이 우리의 현실을 불완전하게 또 부족하게 창조해 낸 것이다.

가만히 생각해 보라. 지금까지 풍족하게, 넉넉하게 살아왔는가? 삶이 마음먹은 것처럼 그렇게 넉넉하지는 못했다. 그 이유는 뭘까? 그건 내 마음이 넉넉하지 못한 거지, 물질이 넉넉하지 못한 것은 결코 아니다. 많은 사람이 물질적으로 풍요로운 바로 그 순간에도 결핍감에 시달린다.

돈이 많은 사람일수록, 사업이 확장되면 확장될수록 돈이 더 많이 부족하다. 회사도 더 키워야 하고, 돈도 더 벌어야 하고, 끊임없이 앞으로 나아가야 한다. 아무리 수조 원을 벌어들이는 회사일지라도 그 회사는 결코 만족하지 못한다. 돈이 많은 사람일수록 가장 많이 필요한 것은 언제나 돈이다. 왜 그럴까? 돈이 많으면 풍요를 느껴야 하는데 왜 돈이 무한히 많아진 순간에도 결핍을 느낄까? 그것은 마음이 결핍되어 있기 때문이다. 진정한 풍요와 부란 마음의 상태이지 물질의 상태가 아니기 때문이다.

이 세상 모든 것은 에너지 파장의 형태를 띠고 있다. 이 물질이라는 것도 전부 하나의 파장이고 파동이다. 생각도 파장이고 파동이다. 모든 딱딱한 물질들도 사실 깊이 바라보면 파장이라는 에너지에 불과하다. 생각이라는 하나의 파동이 물질을 만들어낸다. 지금까지 스스로 끊임없이 살아오면서 '나는 가난하다, 풍요롭지 못하다'라는 생각을 하니까, 바로 그 생각 에너지가 물질세계를 궁핍하게 창조해 온 것이다.

그러니 생각해 보면 제일 쉬운 것이 부자가 되는 것이다. '나는 풍요롭다'라는 생각으로 바꿀 수 있다면 말이다. 그런데 그게 쉽지 않다. 도저히 생각을 바꿀 수 없다. 두렵기 때문이다. 우리는 언제나 미래가 두렵고 노후가 막막한 것이다.

두려워서 vs 사랑해서

보통 우리가 어떤 행동을 할 때 근원을 자세히 살펴보면 '두려워서 하는 행동'이 있고, '사랑해서 하는 행동'이 있다. 대부분은 두려움에서 나온 행동일 가능성이 크다. 이렇게 안 하면 나중에 불편하니까, 좋지 않은 결과를 초래하니까 하는 것이다. 돈을 번다는 행위 또한 그 이면에는 두려움이 깔려 있다. 남들 다 버니까, 나만 안 벌면 뒤처질 수 있으니까, 가난해질 수 있으니까 두려워서 돈을 버는 것이다. 공부하는 것도 마찬가지고, 대인관계를 넓히는 것도 대부분 두려워서 한다.

하지만 '누구를 도와줘야겠다는 생각이 일어났다'라면 이것은 사랑과 자비에서 나오는 행동일 가능성이 크다. 내 근원에 있는 본질적인 참 불성(佛性), 신성(神性)에서 나온 행동이다. 둘이 아닌 불이(不二)에 기반한 무한한 자비로움이 우리의 근원이고, 여기에서 나온 행동이 '돕겠다'라는 생각이기 때문이다. 너와 내가 둘이 아닌 이 자리에서는 네가 곧 나이고 내가 곧 너이기에 돕는다는 생각도 없이 저절로 주게 되어있다. 입이 심심할 때 끊임없이 손은 먹을 것을 넣어주지만 손이 입에게 보상을 요구하지 않는 것과 같다.

온 우주와 일체 모든 존재는 근원에서 둘이 아닌 불이법의 존재이기에, 우리의 가장 근원에서는 늘 자연스럽게 돕는다. 도우면서도 돕는다는 생각 없이 돕는다. 돕는 것이 아니라, 그저 그 돕는 행위가 너무나도 당연할 뿐이다. 그런데 이 근원에서 나온 돕겠다는 진리의 생각이 곧 두려움으로 바뀐다. '이걸 나누어 주고 나면 나는 뭐 먹고 살지?' 하는 생각과 분별이 생긴다.

너와 내가 둘로 나뉠 때 두려움도 함께 생겨난다. 지혜를 깨닫지 못할 때는 이처럼 언제나 두려움은 함께 한다.

부모님께 자주 찾아가고 효도하는 것은 어떨까? 대부분은 부모님을 사랑하기 때문에 효도하고 자주 찾아뵙고 인사를 드린다. 그 모든 행동의 동기는 사랑과 자비에 있다.

그런데 어떤 이들은 사랑해서 찾아가는 것이 아니라 불효자라는 말 들을까봐 또는 너무 오래 안 찾아뵈었더니 왠지 모르게 두려운 마음이 들기도 하는 것이다. 심지어 훗날 재산을 못 받게 될까봐 찾아뵙기도 한다.

누군가를 돕는 행동도 마찬가지다. 진정 그를 사랑해서 돕기도 하지만, 돕지 않으면 위치상 왠지 욕 얻어먹을 것 같은 두려움에 하기도 한다. 절에 가고 교회에 가는 것은 어떨까? 더 많은 사랑을 배우게 되고, 지혜와 자비가 가득한 곳이기에 가는 사람이 있는가 하면, 지옥에 갈까봐, 부처님이나 하느님께서 나를 미워할까봐, 심지어는 남들 다 하는 종교 생활을 나만 안 하면 뒤처지거나 왕따가 될까봐 두려워서 가기도 한다.

모든 행동은 그 자체가 중요한 것이 아니라, 그 이면의 의도가 중요하다.

불교의 업(業) 사상 또한 같은 행위를 했더라도 어떤 의도로 했느냐에 따라 선의 과보를 받을지 악의 과보를 받을지가 결정된다. 거짓말한 행동은 나쁘지만, 그 의도가 좋았다면 오히려 선업을 받기도 한다.

이처럼 행동 뒤에 있는 의도가 '두려움인가' 아니면 '사랑인가' 그것이 중요하다. 나의 행동은 두려움에 입각한 것이 많은지, 진심 어린 사랑인지 살펴보라. 내가 얼마나 지혜롭고, 영적인 삶을 살고 있는지, 진리와 하나가 되어있는 것인지를 알려주는 하나의 단서가 될 것이다.

퇴보가 아니라 진보하고 있다

가만히 생각해 보면 우리는 모든 것에 대해서 두려워한다. 이 우주의 이치, 진리를 완전히 받아들이지 못하기 때문이다. 우주 법계는 항상 우리를 자비와 사랑으로 돌봐준다. 따라서 나의 근원은 무조건 사랑과 자비뿐이다. 언젠가 우리는 모두 무조건 부처가 될 수밖에 없다. 지금, 이 순간도 우리는 부처가 되는 방향으로 무조건 가고 있다. 저 나락으로 떨어져 가고 있는 게 아니라, 부처가 되는 방향으로 확실히 가고 있다.

우리의 삶은 언제나 퇴보가 아니라 진보하고 있다.

불교의 귀의(歸依)라는 것이 바로 본래의 부처 자리로 돌아가고 있다는 것을 의미하는 가르침이다. 진리의 전통에서 원을 상징으로 이용하는 경우가 많은데 이것이 바로 우리가 돌고 돌아 다시 본래 제자리로 돌아간다는 것을 의미하는 것이다. 다시 말하면 원의 어느 곳에 있어도 바로 그곳이 곧 시작이며 끝이고 완성이다. 이것을 믿을 수 있어야 한다.

세상은 믿지 못할 것 천지고 나는 항상 부족하고, 내 미래는 어찌될지 늘 두렵다는 사고방식을 전면적으로 전환해 보라. 어떤 결과가 올까? 이 세상에 두려울 게 없어진다. 진리가 나를 이끌어 가는데 무엇이 두렵겠는가?

삶이라는 진리는 언제나 우리를 사랑과 자비의 방향으로, 완전한 깨달음의 방향으로 이끌어 가고 있다.

그것이 바로 우주 법계의 힘이다. 불교에서는 이 우주를 법계(法界)라고 부른다. 법계는 그저 단순한 세계가 아니라 진리의 세계라는 뜻이다. 세속적인 세계가 아니고 진리의 세계라는 의미다. 두려움과 부족과 불완전의 세계가 아니고 자비와 풍요와 완전성의 세계라는 의미이다.

이처럼 우주 법계는, 부처님과 하느님께서는 우리를 퇴

보가 아닌 진보로 언제나 이끌고 있다. 설사 이생에 좀 힘든 일이 있고, 괴로운 일이 있고, 안 좋은 일이 있었다 하더라도 그것은 우리를 깨달음으로 이끌고 사랑으로 이끌며 삶을 보다 직접적으로 체험하고 거기서 깨달음을 얻기 위한, 우주 법계의 자비로운 연출이었다. 그 어떤 일도 나를 돕기 위한 우주 법계의 자비로운 작용이다. 다시 보라! 세상이 얼마나 멋있고 아름다운가. 이 책을 읽는 분들께 위안을 드리려고 하는 소리가 아니다. 실제 진리가 그렇다. 이 우주 법계는 무한한 자비와 사랑, 지혜, 풍요로움이 넘치는 곳이다.

다만 그렇지 못하다고 느끼는 것은 자기 생각으로 남들과 나를 비교하면서 두렵고, 부족하고, 사랑이 결핍되어 있다고 믿으며, 아직 뭔가를 더 갖고 싶다고 원했기 때문이다. 그 생각과 분별이 모든 문제의 씨앗이 되는 것이다. 언제나 이 세상이 문제가 아니라 나 자신이 문제를 양산해 내는 것이 문제일 뿐이다. 세계는, 아니 법계는 언제나 진리의 세계로서 여여하고 풍요롭고 완전하며 사랑스러운데 나 자신만 유독 불안하고 가난하며 외롭고 불친절하며 불완전하고 두려운 것이다.

법계는 언제나 우리를 진보와 성숙, 사랑과 자비로 이끌고 있지만, 나라는 아상은 언제나 우리를 퇴보와 두려움으로 몰고 간다. 그렇기에 법계에 내맡기고 살아갈 것인지, 아상의 노예가 되어 살아갈 것인지를 우리는 단호하게 결정짓고 가야 한다.

우리 절은 햇살이 잘 들어 참 좋다. 햇볕의 따스한 느낌, 이 하나가 우리에게 아주 작지만 깊은 풍요로움을 가져다줄 수 있다. 아주 짠한 행복감이다. 법당 주변을 산책할 때 하늘을 보고, 바람을 느끼며, 호젓한 나뭇가지를 바라보면 너무나도 큰 풍요로움과 행복감에 젖어 들게 된다. 이것은 우리가 돈을 어마어마하게 벌었을 때 오는 행복감하고는 본질을 달리하는 근원적 차원의 행복이다.

'토대 생각'을 전환시키기

의식의 전환은 우리가 행복을 충분히 느낄 수 있도록 인생을 탈바꿈시켜준다. 두려움을 사랑으로, 어리석음을 지혜로, 부족을 풍요로움으로, 불완전을 완전성으로 전환할 수 있다. 내 존재 자체가 부처이고, 사랑이고, 지혜 자체라는 것을 굳게 믿고 나아갈 때 우리 삶은 근원적으로 바뀐다. 이 단순하고 당연한 이야기를 이렇게 장황히 하는 이유가 뭘까? 우리의 의식을 전환하기 위함이다. 우리 삶과 행동의 토대가 되는 생각을 근원적으로 바꾸도록 하기 위함이다. 그 생각의 기초가 어떻게 쌓여 있느냐에 따라서 우리의 삶은 전혀 다른 방향으로 나아가기 때문이다.

그동안 우리는 사회에서, 학교에서 부족과 결핍, 불완전, 두려움, 어리석음을 키우는 생각들을 익혀왔다. 부족하므로 언제나 부자가 되어야 한다고 배웠고, 부자가 되려면 남들보다 더 많이 공부하고 더 좋은 직장에서 더 많이 벌어야 한다고 배웠다. 부족과 결핍을 극복하기 위해 남들과 경쟁하고 그 경쟁에서 살아남는 것이 성공이라고 배워왔다. 그러나 토대 생각을 '부족'이 아닌 '풍요'로 바꾸기만 해도 삶은 본래 있던 풍요로움을 되찾게 될 것이다. 두려움이 아닌 사랑으로 바꾸기만 해도 삶은 큰 전환을 맞게 될 것이다.

두려워서 행하는 것이 아니라 사랑해서 행한다면, 똑같은 행위일지라도 큰 힘을 가질 것이다.

진정 사랑하기 때문에 돕고, 나누고, 보시한다면 그것은 상상할 수 없는 큰 복락이 되어 돌아온다는 것. 무주상보시(無住相布施)가 바로 그 뜻이다. 두려워서 보시하면 바라는 바가 생겨나지만, 사랑해서 보시하면 나를 위한 그 무엇도 바라지 않는다. 그리고 전혀 다른 과보를 가져온다.

제3장

돈, 어떻게 벌 것인가

비우고 살 것인가? 채우고 살 것인가?

매번 절에 오면 "비워라, 놓아라, 집착을 버려라, 욕심을 비워라"라고 이야기한다. 그러다 보니 때때로 어떤 분들께서는 "왜 이렇게 불교에서는 비우고 놓으라고만 이야기하죠? 가끔 좀 서운하게 들리기도 합니다. 정말 하나도 잡으면 안 되는가요?"하고 묻곤 한다. 또 어떤 분은 "그러면 돈도 벌지 말고, 일도 하지 말고, 진급도 하지 말고, 공부도 하지 말아야 합니까? 그러면 너무 사는 재미가 없고 활력이 없잖아요."라고 되묻기도 한다. 그렇다. 그 또한 맞는 말이다.

비우고 놓아버리라는 쪽에만 집착해도 중도(中道)에 어긋나고, 쌓고 얻고 채우라는 쪽에만 집착해도 어긋난다. 불교는 무조건 비우는 것만이 최고라고 절대 말하지 않는다. 불교는 비우거나 쌓는 그 둘 중에 어느 한쪽을 선택하는 종교가 아니다. 그런데도 왜 불교에서는 비우라고만 할까? 그것은 요즘 세상 사람들이 너무 많이 쌓고 채우고 얻으며 주로 버는 쪽에 관심이 많고, 그쪽으로 치우쳐 있어서 균형을 맞춰주기 위해 방편으로써 '비워라. 놓아라'라고 이야기하는 것이다.

특히 젊은이들에게 설법할 때 그런 질문을 많이 받곤 한다. 20대 젊은 청춘일 때는 무언가 원력도 세우고, 꿈과 희망을 키우며, 어떻게 삶을 열정적이고도 에너지 넘치게 살아나가야 할지에 대해 많이 궁금할 시기이기에 더욱 그런 의문이 아름답게 느껴지기도 한다. 그런 젊은이들에게는 삶에 대한 순수한 열정과 이 세상을 환히 밝힐 수 있는 이타적인 원력, 주체적이고도 독창적인 삶의 에너지를 이 세상에 꽃피워 드러낼 수 있는 자기다운 삶의 길에 대해 말해주곤 한다.

또한, 삶의 에너지가 떨어져 있거나, 자존감이나 용기가 부족하거나, 의지와 열정이 식어버린 이들에게도 삶의 활력을 불어넣고 자신이 이 세상에 온 이유를 깨닫게 해 주며, 무슨 일을 저질러 실행에 옮길 것인가에 대해 쌓고 채우며 얻고 버는 이야기들을 해 주곤 한다.

이처럼 불교에서는 어느 한쪽에 치우쳐 그것만이 전부이거나, 전적으로 옳다고 여기지 않는다. 우리 삶에서는 그 양쪽이 모두 필요하다. 삶의 어느 순간에는 훨훨 하늘을 날며 쌓고 채우고 얻고 배움으로써 자신의 가치를 세상에 드러내고 인정받고 무언가를 성취해야 하는 순간이 있는 법이다. 그러나 또한 균형의 법칙에 따라 또 다른 순간에는 비우고 놓으며 텅 빈 공으로 돌아가는 휴식과 이완의 시간도 필요하다. 우리는 바로 그 양쪽 모두를 통해 삶을 깨달아 가야 한다.

한발 더 나아간다면, 그 양쪽의 극단처럼 보이는 것이 사실은 전혀 극단이 아닌 서로 다르지 않은 동전의 양면과 같은 것임을 깨닫게 될 것이다. 겉으로 보기에는 가득 채운 듯하지만 다 비우고 살아가는 이가 있는가 하면, 겉으로 보기에는 다 비우고 살아가는 사람 같지만, 속으로는 꽉 채운 채 힘겹게 살아가는 사람들도 많이 있다. 다 비운 듯하지만 비워야 한다는 그 한 생각이 꽉 들어차 있는 사람도 있다.

스님이 세속적인 돈 이야기를 하는 이유

사람은 늘 균형 잡힌 삶을 살아갈 수 있어야 한다. 비움과 채움 사이의 균형, 안과 밖의 균형, 나가는 것과 들어오는 것 사이의 균형. 그래서 이 장에서는 비움과 놓음에 대해 치우친 이들을 위해 균형의 설법을 드리고자 한다. 아주 확실하고도 직접적인 바로 '돈 잘 버는 방법'에 대한 이야기다. 어떤 분들은 아마 이렇게 생각할 수도 있을 것이다.

'너무 세속적이군!'

'스님이 왜 저렇게 세속적이고 추잡한 돈 이야기를 입에 올리지?'

과연 그럴까? 돈이 세속적일까? 돈이 추잡하고 더러운 것일까? 불교는 '돈을 많이 벌어라, 돈을 많이 벌어서 행복해져라' 이렇게 얘기하는 종교일까? 아니면 '돈이 없어도 마음을 비우고, 청빈하게 사는 거로 만족하고 행복해라'는 종교일까?

불교에서 강조하는 것은 '어떠어떠해서 행복하라'는 것이 아니라 다만 '행복하라'는 것이다.

돈이 많고 적은 것과는 상관이 없다. 그것은 선택의 문제일 뿐이다. 단지 행복 그 자체가 중요하다. 그 어떤 조건과도 상관없이 본래부터 늘 드러나 있었던 본래 행복, 본래 풍요를 깨닫는 것이 중요하다. 사실 돈이라는 것 자체는 중립적이다. 돈이라는 것 자체가 어떻게 좋거나 나쁠 수 있겠는가. 생각해 보라.

돈은 중립적이다

만약 돈이 좋은 것이라고 한다면 왜 그토록 많은 사람이 돈으로 인해서 타락할까? 훌륭한 사람도 돈을 많이 벌게 되고, 그러다가 과도하게 축적하게 되면 집착하고 휘둘리게 된다. 결국, 돈으로 인해서 타락하게 된다.

로또에 당첨되고 나면 잘 지내던 부부가 갑자기 돈을 가운데 놔두고 서로가 헐뜯고 이혼을 하고, 투쟁의 대상이 되기도 한다. 미국에서 650억 원이라는 큰 금액의 로또에 당첨된 부부가 얼마 지나지않아 이혼하고, 대저택에서 호화롭게 몇 개월 살다가 숨진 채로 발견됐다는 기사를 보았다.

우리나라도 마찬가지다. 세상에는 이런 복권과 대박에 얽힌 수도 없이 많은 이야기가 넘쳐난다. 돈이라고 하면 심지어 가족도 죽이는 세상이 된 것이다. 이렇게 본다면 돈은 좋은 게 아니다. 많은 성인이, 현자들이, 무소유와 청빈 정신을 찬탄하며 설했다. 오히려 가난한 나라들, 부탄, 방글라데시, 티베트, 미얀마 사람들이 오히려 선진국에 사는 사람들보다 행복지수가 더 높다고 한다. 이런 것을 보면 '돈이 별로 필요하지 않겠다'는 생각도 든다. 그렇다면 돈은 나쁜 게 분명해 보인다.

반대로 과연 돈을 나쁜 것이라고 할 수 있을까? 돈을 나쁘다고 한다면 '왜 많은 사람이 돈으로 인해서 행복해할까?'하는 반론이 나올 것이 분명하다. 돈이 있으면 행복하다. 돈 있어 행복하지 않은 사람이 과연 있을까? 그 많은 사람이 돈을 벌려고 하고, 돈으로 인해서 행복을 느끼고 누린다. 돈은 '나쁜 것이다'라고만 할 수 없는 것이, 잘 쓰면 큰 행복과 평화로움, 풍요로움을 이 세상에 가져다준다. 바로 그 돈을 가지고 수많은 결핍된 이웃을 도울 수 있고, 많은 이들에게 행복을 전해줄 수도 있다.

세계 제일의 부자 빌 게이츠는 "내 전 재산의 99%를 사회에 기부하겠다. 그리고 자녀에게는 1,000만 달러씩만을 상속하겠다"고 선언했다. 그 발표가 있고 나서 얼마 안 있다가 세계 두 번째 부자 워런 버핏은 빌 게이츠가 만든 기부재단에 '빌 게이츠가 믿음이 가고 잘할 것 같다'는 단순한 이유로 전 재산의 80%인 370억 달러를 기부했다고 한다. 그렇게 기부했는데도 불구하고 이 사람들은 아직도 어마어마한 부자다. 이렇게 돈으로 가난한 자와 병든 자들을 도울 수 있다면 돈이 나쁘다고 할 수도 없다.

이처럼 돈이라는 것 자체는 사실 중립이다. 돈은 좋은 것도 아니고 나쁜 것도 아니다.

한 부자가 있다. 그 사람은 훌륭한가? 훌륭하지 않은가? 행복할까? 행복하지 않을까? 지혜로울까? 어리석을까? '부자'라는 것만으로 이런 질문에 답할 수 없다. 부(富)를 기준으로 그 사람을 판단할 수는 없다. '돈이 많다'는 사실 자체가 그 사람을 판단할 수 있는 특별한 결정적인 요건이 되지는 않는 것이다. 돈은 이처럼 하나의 작은 요인일 뿐이지, 그것 자체에 어떤 고정된 성품이 있거나 실체적인 가치를 매길 수 있는 것이 아니다.

이처럼 돈 그 자체로써는 좋거나 나쁘지도 않고, 행복

하거나 불행하지도 않으며, 능력이 있거나 없는 것도 아니다. 다만 돈에 대한 우리의 생각과 해석, 판단이 그것을 좋거나 나쁘게 만들 뿐이다.

돈에 대한 집착이 많고, 돈에 대한 선입견이 많으며, 돈을 가치판단의 최우선에 두는 사람이라면 부자를 보면서 훌륭하다거나 능력 있다거나 행복하겠다거나 그 사람이 심지어 위대해 보일 수도 있을 것이다. 그러나 그렇지 않은 이에게 돈은 그다지 큰 관심 사항이 못 될 수도 있다.

좋은 돈과 나쁜 돈의 기준

돈은 이처럼 가치 중립적이다. 행복하게 살기 위해 돈을 많이 벌어야 할까? 아니면 청빈의 가치를 위해 돈을 포기해야 할까? 가난하지만 만족하면서 사는 게 나을까? 부유하고 풍요로우면서도 나누며 사는 것이 좋을까? 어느 쪽은 좋고 어떤 쪽은 나쁘다고 결정지을 수 있는 부분은 아니다.

이것은 단순하게 선택의 문제일 뿐이다.

부를 선택해도 좋고, 가난과 청빈의 정신을 선택해도 좋다. 중요한 것은 그 선택을 통해 얼마나 지혜롭고도 자비롭게 삶을 살아나갈 것인가에 있다. 얼마나 많은 이들에게 지혜와 사랑을 나누어 줄 수 있는가에 있다. 표면적인 선택 그 자체는 중립일 뿐, 그 이면의 깊은 삶이 우리에게는 더욱 중요한 것이다.

그런 점에서 불교는 무조건 가난과 청빈, 무소유와 무욕만을 주장하는 종교는 아니다. 다만 사람들이 너무 부자와 욕심 쪽으로 치우쳐 있으므로 균형을 위해 가난하게 사는 것, 청빈하게 사는 방편을 강조한 것일 뿐이다. 그러다 보니 어떤 분들은 "지혜롭게 부자 되는 방법 좀 가르쳐 주세요."라고 묻곤 한다. 그래서 돈을 많이 벌면서도 치우침 없이 행복할 방법을 알아보고자 하는 것이다.

돈을 벌 때의 마음가짐

'돈을 버는 것'에 대해서 이야기할 때 놓쳐서는 안 될 중요한 한 가지가 있다. 돈을 많이 버는 쪽을 선택하더라도 좋은 정신이 바탕이 되어야 한다는 것이다. 그렇지 않으면 돈을 많이 버는 것이 자신을 돕는 것이 아니라, 무너뜨리게 될 수도 있기 때문이다. 독이 될 수도 있다는 얘기다.

돈은 나쁠 수도 있고 좋을 수도 있다고 했는데, 돈을 나쁘다고 하는 이유는 우리가 돈에 집착하고 욕심을 부리기 때문이다. 돈을 나 자신만을 위해서 쓸 때, 즉 아상(我相)을 강화하고 이기심과 아집(我執)을 키우기 위한 용도로 사용할 때 나빠진다.

반대로 아상을 타파하는 방향으로 사용된다면 돈은 좋은 것이 된다. 이타적으로 베풀고, 나누고, 타인을 돕는 용도로 사용되어 사랑과 자비를 실천하는 방향으로 쓰인다면 돈은 많이 벌어도 좋다. 또한, 지혜와 배움, 명상과 영성, 베풂 등의 종교적 실천 등을 위해 돈이 쓰일 때도 그 돈은 아름다운 것이 된다.

따라서 돈을 벌어 행복해지고 싶다면 '나 개인만을 위해 쓸 것이 아니라 이타적으로 남을 위해 쓰겠다'라는 정신이 바탕이 되어야 한다. 이 정신이 토대가 되어있는 사람만이 돈을 벌기 위해 노력하는 것도 행복하고, 벌어도 행복하고, 번 이후에 다시 베풀면서도 행복할 수 있다. 그러나 아상과 아집, 이기심에 싸인 사람은 돈을 번다고 해서 행복해질 수 없다. 오히려 자신에게 독이 될 수 있다.

돈을 끌어들이는 생각 에너지

이제 본격적으로 돈을 버는 방법에 대해 알아보자. 이 세상을 움직이는 법칙이 있다. 요즈음 균형의 법칙이라고 잘 알려진, '업'을 지으면 그 업에 따른 '과보'를 받는다는 '업보(業報)의 법칙'이다. 나라는 존재가 업을 지으면 이 우주 법계는 보를 가져온다. 내가 '업'을 바깥으로 내보내면, '보' 즉 '과보'라는 것이 나에게 다시 돌아온다는 것이 '업보의 법칙'이다.

여기서 업(業)은 행위다. '어떤 행위를 했느냐에 따라서 결과가 온다, 과보가 온다'라는 것이다. 돈에 관해서 얘기한다면, 어떤 행위를 했느냐에 따라서 돈이 들어올 것인가 말 것인가, 적게 들어올 것인가 많이 올 것인가가 결정된다. 이 업보의 관점에서 본다면 돈을 벌려면 돈을 벌 만한 업을 지어야 한다. 그러면 어떤 행위가 부자의 과보를 가져오는 원동력이 될까를 먼저 살펴봐야 한다. 돈과 부자라는 과보를 받으려면 어떤 업을 지어야 할지 안다면, 그다음 할 일은 돈이 굴러들어올 만한 업만 지으면 되는 것 아니겠는가.

먼저 업에 대해 살펴보면 모든 업의 근간이 되는 것이 바로 '의업(意業)'이다. 앞서 언급했던 것처럼 업에는 세 가지가 있다. '신구의(身口意) 삼업(三業)'이라고 해서 몸으로 짓는 업이 있고, 입으로 짓는 업이 있고, 생각으로 짓는 업이 있다. 여기서 생각으로 짓는 업은 가장 토대가 되고, 근본과 근원이 된다. 나무로 치면 의업(意業)은 뿌리가 되는 것이다. 즉, 내가 어떤 생각을 하고 있느냐에 따라 돈이 들어올 것이냐, 들어오지 않을 것이냐가 결정된다. 돈에 관한 생각, 정신을 바꿔야 돈이 들어올 수 있게 되는 것이다.

자신은 느끼지 못하지만, 돈을 벌지 못하도록 하는 사고방식을 고수하고 있는 사람이 있고, 돈을 벌 수 있도록 하는 사고방식을 가진 사람이 있다. 돈을 많이 버는 사람에게는 돈을 끌어들일 수밖에 없는 생각 에너지(의업)가 있고, 돈을 못 버는 사람에게는 돈이 들어오지 못하도록 하는 생각 에너지가 있다. 돈이 들어오지 못하도록 하는 대표적인 생각이 무엇일까? 다음과 같은 생각을 하고 있으면 돈은 절대 들어오지 않는다. 그런데 애석하게도 대부분의 사람이 이런 생각을 가지고 살아간다.

그래서 부자가 되지 못한다.

돈이 부족하다는 생각

첫째, '나는 돈이 부족하다' '나는 돈이 충분하지 않다'라는 생각이다.

여러분은 충분히 쓸 만큼 본인에게 돈이 있다고 생각하는가? 그렇게 생각하는 사람은 별로 없을 것이다. 대부분 '아직은 부족하다' '더 필요하다'라고 생각한다. 그러니까 내 생각 에너지가 '나는 돈이 부족해, 나는 돈이 충분하지 않아'라는 것을 우주로 내보내고 있다. 부족과 결핍의 업을 짓는 것이다.

이런 생각을 내보내면 나에게 어떤 보(報)가 돌아올까? 내가 부족하고 결핍된 걸 내보내니까, 우주는 똑같은 것을 반사한다. 이 우주는 '내 생각의 스캐너'이다. 내가 생각하는 것을 내보내면 그것이 스캔 되어 나에게 돌아온다. 그것이 균형의 법칙이며 업의 법칙이기 때문이다. 이것을 다르게 말하면 유유상종(類類相從)의 법칙이다. 나에게 결핍과 부족이 있을 때, 그 결핍과 부족의 파동을 끌어당긴다.

같은 것끼리 끌어당기고 어울리는 것이다.

지금 받는 월급에 대해서 '부족하다, 충분하지 않다'라고 생각하는 사람은 더 많은 돈을 받을 근원적인 의업 자체를 생성시키지 못하고 있다. 이렇게 되면 월급이 오를 리 만무하다. 같은 월급을 받으면서도 감사와 만족과 풍요를 경험하는 사람도 있지 않은가? 그는 곧 자신이 연습한 감사와 만족, 풍요라는 과보를 더욱더 받게 될 것이다.

더 많은 돈을 원하는 마음

둘째, 돈을 더 많이 원하는 생각이다.

돈이 부족하다고 생각하기 때문에 '돈을 더 많이 벌게 해 주세요'하고 기도를 하며 빌지만 중요한 사실은 아무리 간절히 원해도 이루어지지 않는다는 점이다. '원하고 빈다'라는 것은 현재 결핍되어 있다는 것을 의미하기 때문이다. '더 많은 돈을 벌게 해 주십시오'하고 비는 것은 '나는 지금 돈이 없습니다'하는 의미를 내보내는 것이다. 생각 에너지(의업)로 '나는 가난하다'를 내보내는 것이다.

그래서 더 많은 돈을 원하는 마음이 우리를 가난하고 궁핍하게 만든다.

더 많이 벌수록, 더 많이 집착하게 되고, 집착은 그것을 이루지 못하게 하는 방식으로 작용한다. 본래 무엇이든 과도하게 집착하면, 그것을 얻지 못할까 봐 두려워하게 되고, 계속해서 얻지 못할까 봐 두려워하는 기운이 당신에게 모이게 된다. 그렇게 된다면 당신은 지속해서 가난하고 궁핍한 상태에 놓일 것이다.

그것이 바로 당신이 계속 가난해지는 이유다.

돈은 나쁘고 더럽다는 생각

셋째, '돈은 나쁘다, 좋지 않다, 세속적이고 추잡스럽다'라는 생각이다.

내가 "오늘은 돈 버는 방법에 대해서 말씀드리겠습니다"라고 하면 종교적인 사람일수록 '아니, 어떻게 스님이 저런 말씀을 할 수 있지? 법당에서 어찌 돈 버는 저속한 얘기를 할 수 있지?'하고 생각한다. 그런 생각의 바탕에 '돈은 세속적이다, 성스럽지 못하다'라는 생각이 깔려 있다.

우리의 근원에 깔린 바로 이 생각이 돈을 끌어들이지 못하는 생각 에너지로 작용한다. 나쁘고 추잡하고 세속적이라는 생각 자체가 돈에 대한 부정적인 의식을 키우기 때문에 돈이 들어오는 것을 막아서고 있다.

돈에 대한 두 가지 생각의 대립

넷째, '돈을 더 벌고 싶다'와 '돈은 중요한 게 아니야'라는 두 가지 생각의 대립이다.

위의 두 가지 생각을 동시에 한다는 것이다. '돈이 없어도 행복할 수 있어'라고 생각하면서도 한편으로 돈을 갈망한다. 돈을 벌고 싶지만 '돈은 없어도 되는 거야', '돈은 성스러운 게 아니야'라는 에너지를 동시에 내보낸다.

우주는 스캐너와 같다고 했다. 우리가 내보내는 생각을 고스란히 돌려준다.

'돈은 나쁘다'와 '돈을 더 벌고 싶다'라는 이 두 생각은 매우 이중적이다. 일관성이 없다. 이처럼 내 마음속에서 돈에 대한 갈망과 동시에 돈에 대한 부정적인 생각을 동시에 가지면서 다투고 대립하다 보니 오락가락할 수밖에 없게 되는 것이다. 내 마음이 대립하니 에너지가 서로 부딪쳐서 상쇄되는 것이다. 결국, 이도 저도 아닌 어정쩡한 상황에 봉착하게 된다.

따라서 내 마음처럼 우주 법계에서도 나한테 돈을 가져다주려는 마음도 있고, 동시에 주지 않으려는 과보도 있을 것이다. 이런 생각들이 우리에게 들어오는 부에 제동을 건다.

돈에 관한 자기규정의 원칙

직장인들끼리 모이면 이런 말을 많이 한다.

"돈이라는 게, 어떻게 내가 더 벌고 싶다고 벌어지나?"

"나야 어차피 공무원이고 월급쟁이니까, 월급 받는 게 다지. 더 나올 곳이 없어"

"땅 파서 돈 벌 수 있나? 생각처럼 돈이 벌리냐고."

이런 생각을 가지면 아마도 그렇게 될 것이다.

'나는 더 많은 돈을 벌 수 없어. 나올 구멍이 없는데 어떻게 벌어!'라고 생각해 돈 버는 것에 제한을 두는 것이다. 이런 사람은 더 많은 돈을 벌 수 없다. 스스로 자신의 경제력에 대해 규정짓게 되면 우주 법계는 '예 알겠습니다'하고 우리의 분부를 따를 수밖에 없다.

"땅을 파서 돈 벌 수 있나?"라는 말에 대해 생각해 보자. 쉽진 않겠지만 땅을 파면 돈이 나올 수 있다. 억지스럽다고 말할 수 있으나, 이 말의 요지는 전혀 생각지도 못했던 방법으로 돈을 벌 수도 있다는 뜻이다. 반대로 전혀 생각지도 못했던 방향에서 돈이 나갈 수도 있다. 진정한 자기의 본바탕에는 그 어떤 제약도 없고, 한계도 없으며, 정해진 것이 없기 때문이다.

자기 스스로 벽을 치지 않으면, 자신은 어디로도 갈 수 있고, 무엇도 될 수 있으며, 그 어떤 크기의 결과도 얻을 수 있다. 모든 존재에게는 언제나 평등하게 무한가능성이 열려있다. 자기 스스로 제한하지만 않는다면.

그런데 스스로 '나는 이 정도까지만 돈을 벌 수 있어. 이 틀 속에서만 돈을 벌 수 있어'라고 고정 지어 놓으면 그 외에는 돈을 벌 방법이 진짜 없어진다. 내 마음속에서 그것을 원했으니까, 그 의업을 내보냈기 때문이다. 돈을 못 번다는 생각, 이 정도까지가 내 복의 전부라는 생각, 내 능력의 한계라는 생각이 자신의 능력을 실제 규정짓게 된다. 언제나 자신의 능력은 주어진 것이 아니라 자기 자신이 규정하는 것일 뿐이라는 사실을 분명히 해 두자.

내가 나를 규정짓는 것이지 그 누구도 대신해서 나를 규정짓지 못한다. 그리고 내가 짓는 자기규정에 우주는 언제나 동의해 준다. 우주 법계의 본바탕에는 그 어떤 무엇이 없기 때문이다. 텅 빈 가운데 그저 허망한 의식을 일으켜 무엇이든 인연따라 드러내게 할 뿐이다. 일체유심조(一切唯心造)가 그것이다. 일체 모든 것은 이 텅 빈 마음이라는 무한 허공의 가능성 위에서 생기고 사라질 뿐이다. '심생즉종종법생(心生卽種種法生) 심멸즉종종법멸(心滅卽種種法滅)'이라 하여, 마음이 생기면 갖가지 만물이 생겨나고, 마음이 멸하면 일체 만물도 사라진다. 만법유식(萬法唯識), 세상은 곧 자기의식이 만들어내는 세상이다.

내가 마음을 내면 세상은 그것을 드러내 준다.

돈을 못 벌게 하는 두 가지 생각

위에서 언급한 것들을 모두 종합하면 돈을 끌어들이지 못하는 생각을 크게 두 가지로 정리할 수 있다. 첫째, '나는 돈이 부족하다', '더 많은 돈을 원한다'라는 생각이 부족과 결핍을 창조한다. 더욱 가난해지는 현실을 만들어낸다. 둘째, '돈은 더럽고 성스럽지 못하다'라는 생각과 '돈은 성스럽지 못하니 없어도 된다'라는 생각이 돈이 들어오는 것을 막는다.

여기서 핵심은 돈 그 자체가 좋고, 나쁜 것은 아니라는 점이다. 돈을 쓰는 사람이 문제이다.

이타적으로 돈을 잘 쓰는 사람에게 돈은 좋은 것이다. 돈을 잘 쓰는 사람은 오히려 돈을 많이 벌수록 이 세상을 위해서 좋은 일이다. 반대로 지혜롭지 못한 사람에게는 돈이 없는 게 좋다. 돈이 없으면 그나마 나쁜 짓도 덜 하지만 돈이 많으면 나쁜 짓도 크게 저지른다. 따라서 지혜로운 사람에게는 돈이 많아도 상관없지만, 어리석은 사람에게는 돈이 없는 게 더 나을 수가 있다.

돈에 대한 나의 생각 에너지 때문에 돈을 벌지 못한다고 하면 어떻게 해야 할까? 아주 단순하다. 생각을 바꾸면 된다. 업을 바꾸면 과보가 바뀔 수밖에 없는 것이 이 우주 법계의 이치이다.

근본적인 생각만 바꾸면 부자도 될 수 있다.

답이 나왔다. 이렇게 간단하다.

어떻게 부자마인드로 바꿀 것인가

그런데 이 글을 읽고 계신 여러분들의 표정이 그리 밝을 것 같지 않다. 제목만 보고 희망에 부풀어서 '나도 이제 돈을 벌 수 있구나' 했는데, 좀 실망을 했을지도 모르겠다. 누구나 돈에 관한 생각을 바꾸면 현실도 바뀐다는 것을 알고 있다. 그런데 문제점은 생각을 바꾸기가 어렵다는 것이다. 평생 가져왔던 생각을 하루아침에 바꿀 수 있을까? 바꿀 수 없다. 그래서 답답하다. 그렇다면 어떻게 하면 생각을 바꿀 수 있을까? 가난을 불러오는 생각 에너지를 부자마인드로 바꾸려면 어떻게 해야 할까?

이 문제를 살펴보기 전에 다시 한번 짚고 넘어가자. '어떤 업을 짓느냐에 따라서 과보가 온다'라는 것과 '신구의(身口意) 삼업 중에 의업(意業)이 가장 토대가 되는 근원이 되고, 근간이 되고, 뿌리가 되는 에너지다'라는 것. 따라서 근원에서는 의업(생각)이 바뀌고 신업(몸)과 구업(말)이 바뀌어 삶이 바뀔 수 있다.

다만 의업은 단시간 내에 바꾸기 어렵다. 하지만 구업과 신업은 쉽다고 했다. 남을 도울 일이 있을 때 먼저 저질러 말하고 행동하라는 것이다. 먼저 "제가 돕겠습니다."하고 말하고, 작은 도움일지라도 먼저 저질러 행동에 옮기는 것. 큰 이타적 자비는 실천하기 어려울지라도 작은 것은 저질러 행동하기도 쉽고, 말하기도 쉽다.

이런 작은 실천 하나가 바로 무한한 자비심의 근원이 된다. 1억을 후원할 수는 없지만, 누구나 1천 원, 1만 원쯤은 후원할 수 있다. 바로 그 '마음'을 내는 것이다. 아니, 그 마음을 직접 말로 표현하고, 저질러 계좌로 쏘는 것이다. 겉으로는 돈을 보내는 것이지만, 근원적인 변화를 위해 연습하는 것이고, 훈습(熏習) 하는 것이며, 수행하는 것이다. 이렇게 작은 것을 저질러 시작하게 되면, 저절로 그다음에는 쉬워진다.

변화가 일어난다.

사소한 친절, 작은 나눔에서 시작하라

우주는 우리에게 크고 대단한 무언가를 원하는 것이 아니다. 다만 내 눈 앞에 있는 사람에게 저질러 친절을 베풀고, 어려운 친구에서 먼저 다가가 따뜻한 말로써 위로를 전하며, 밥을 굶고 있는 이웃에게 라면 한 박스 사서 따뜻한 말과 함께 전해주는 것으로도 무한한 자비는 실천된다. 작고 사소한 봉사와 나눔과 친절이라 해서 그 속에 담긴 정신까지 작고 사소한 것은 아니다. 아주 작은 하나의 실천과 변화 속에 무한한 자비와 사랑이 담겨있다. 바로 그 하나의 실천에서부터 모든 것은 시작된다. 수많은 감동적인 나눔과 사랑, 기부의 이야기들은 언제나 작고 소박한 것에서부터 시작됐다.

작고 하찮다고 생각되는 일, 다른 중요한 할 일이 많아서 거기에 쓸 에너지가 없다고 생각되는 일, 어쩌면 그 속에 우주가 당신에게 기대하며, 당신이 꼭 해야만 하는 놀라운 계획이 숨어있을지 모른다.

겉으로 보기에는 사소한 일이 보이지 않는 더 깊은 차원에서는 매우 중대한 일일 수도 있다. 우연히 마주친 어린 아이에게 베푼 친절과 나눔이 한 소년소녀 가장을 살릴 수도 있고, 지나가는 말로 내뱉은 한 마디가 그를 절망으로 빠뜨릴 수도 있으며, 별생각 없이 건넨 조언 하나가 누군가의 인생을 뒤바꿀 수도 있다.

어릴 적 기차 안에서 잠시 만난 20대쯤 되어 보이던 누이의 해맑은 웃음은 수십 년이 지난 지금까지도 나의 가슴을 따뜻하게 녹여주고 있다. 두어 시간 남짓, 그분은 나와 '놀아준' 것이 아니었다. 그분은 나와 함께 매우 즐겁게 '놀았다'. 놀아준 것은 하나의 일이지만 함께 논 것은 전혀 힘들인 것이 아니며 그 순간에 온전히 현존하는 것과도 같다. 어른이 아이 앞에서 온전히 현존하며 놀 때, 그 현존의 에너지는 매우 강한 영적 인상을 남긴다. 바로 그 작고 사소한 노는 일이 나에게는 오래도록 각인이 되어 삶의 빛나던 순간으로 기억되듯, 아무리 하찮아 보이는 일일지라도 그것이야말로 이 우주가 우리에게 부여하는 귀하고도 깨어남의 기회를 제공해 주는 것인지 모른다.

이 우주를 밝히는 일은, 자비와 지혜를 실천하는 일은 그다지 거창하거나 대단한 어떤 일이어야 하는 건 아니다. 지금, 이 순간 내가 행할 수 있는 아주 작은 친절과 도움, 현존 속에서의 나눔과 놀이조차 누군가에게 삶을 일깨우는 큰 힘이 되거나 우주를 밝히는 일이 될 수 있다.

당장 시작할 수 있는 작은 것부터 먼저 행동하고, 먼저 말로 표현하게 된다면, 머지않아 우리의 의식도 변화되게 될 것이다.

부자업을 짓는 일은 처음 시작하기가 어렵지, 한 번 하면 두 번은 더 쉽고, 세 번, 네 번째부터는 저절로 된다. 그게 업보의 법칙을 실천하는 길이다. 습관을 들이는 것이기에 업습(業習)이라고도 한다. 많은 돈을 후원하는 것은 어렵지만, 적은 돈 후원하기를, 업습을 쌓기 위해 자주 하기는 쉽다. 그것부터 해보는 것이다. 머릿속에서만 많이 생각하고 다짐하는 것보다 미미하고 소박한 것일지라도 저질러 행동하고 말하는 것이 더 큰 힘을 가진다. 그리고 그 저지른 말과 행동은 곧장 선업으로 쌓여 과보를 가져다줄 것이다.

먼저 말하고 행동하라

그러면 돈을 어떻게 벌 수 있을까? 마찬가지로 돈에 관한 생각을 바꾸면 된다. '나는 부족하다'라는 생각을 '나는 풍요롭다'라는 생각으로, '돈은 나쁜 것'이라는 생각을 잘 쓰이면 '돈은 좋은 것'이라는 생각으로, '내 돈이 쌓일 때 기쁘다'라는 생각을 '돈을 베풀 때 기쁘다'라는 생각으로 바꿀 수 있다.

부자가 되고 싶다면 먼저 '나는 풍요롭다'라는 것을 알아야 한다.

그런데 자신 마음속에 '나는 가난하다'라는 생각이 꽉 들어차 있고, 실제 남들과 비교해 봐도 가난하다고 판단되다 보니 그 '가난하다는 생각'을 바꾸기 어렵다. 사실 '나는 가난하다'는 것은 하나의 생각일 뿐이지, 고정된 실체가 아니다. 과연 어디까지를 가난하다고 할 수 있을까? 내 생각과 해석, 판단이 가난한 것이지, 실제가 가난한 것은 아니다.

그러나 가난한 사람들은 쉽게 '가난하다'라는 생각을 바꿀 수 없다. 그럼 과연 어떻게 해야 '나는 가난하다'는 생각을 바꿀 수 있을까? 앞서 설명한 대로 먼저 행동하고 말함으로써 그 토대인 생각이 바뀌게 된다. 가난하다는 의업은 신업과 구업을 변화시킴에 따라 변화되는 것이다.

'나는 부족하다, 결핍되어 있다'라고 생각할 때와 '나는 풍요롭다, 부자다, 충분히 만족한다'라고 생각할 때는 천지 차이가 난다. 후자와 같이 생각할 때에는 돈을 나만을 위해 쓰는 것이 아니라 어려운 사람을 돕는 데 쓸 수 있게 된다. 풍요로운 부자이며 넉넉하다고 생각하면 남들을 돕는 것이 그리 어렵지 않기 때문이다. 그렇게 생각만 하는 것이 아니라 베푸는 행동도 아주 쉽게 직접적으로 한다. 어딜 가서도 먼저 "제가 베풀겠습니다" "제가 하겠습니다"하고 말하면 된다. 그러면 결과는 따라오게 되어있다. 가장 직접적인 실천은 행동이다. 아무리 작을지라도.

자비와 나눔을 방해하는 목소리

어려운 나라에 '100만 원을 보시해야지'라고 생각을 하면 아상과 에고라는 내면의 목소리가 계속 우리를 방해하며 끌어내린다. 생각은 내면에서 끊임없이 조잘대며 보시하지 못하게 막는다. 그게 아상에 기초한 생각의 전형적인 수법이다. 생각은 언제나 '나'만을 위한 것이 자신을 돕는 것이라고 굳게 믿고 있기 때문이다.

생각은 이렇게 말한다. '야, 100만 원이 얼마나 많은 돈인데, 너 미쳤어? 무슨 100만 원씩이나 보시해? 꼭 하려거든 50만 원만 하자'라고 하다가, 입금하려고 은행에 걸어가면서 또 말을 한다. '50만 원도 많아. 한 30만 원만 하면 어떨까? 하나도 안 하는 사람도 얼마나 많은데. 그 돈이면 차라리 자식들 맛있는 것도 사 주고, 책도 사 주고, 딸 소원이라던 가방도 사 줄 수 있잖아.' 그러다가 은행 문 앞에 가서는 또 유혹당한다. '30만 원도 많다. 20만 원만 해야지' 하고 생각하면서 은행 창고 앞에 가서는 10만 원을 꺼내 든다. 결국, 창구 직원한테 이야기할 때는 "5만 원만 제가 기부하는 곳으로 보내주세요."라고 말하게 된다.

머릿속의 생각이라는 녀석은 계속 나의 아상충족을 위주로 흐르기 때문이다.

따라서 생각만 해서는 안 되고 먼저 행동하고 말할 수 있어야 한다. 나누겠다고 마음을 먹으면, 먼저 행동부터 하는 게 가장 좋고, 그게 안 되면 말부터라도 하는 것이다. 그래야 실천이 되지, 생각으로만 수백 번, 수천 번 굴려본들 직접 실천이 안될 뿐이다. 그래놓고 어떻게 생각을 바꾸고, 의업을 변화시킨다고 할 수 있겠는가. 차라리 단 일만 원이라도 저질러 보시하고, 기부하겠다고 선언하는 것이 훨씬 진정성이 있고, 힘이 있으며, 나아가 내면에 보시의 업습을 심어주게 된다.

돈은 하나의 에너지일 뿐

사실 돈이라는 것은 여러분이 쩔쩔매야 할 그렇게 엄청난 것이 아니다.

백만 원, 이백만 원, 천만 원, 일억 원 때문에 어려워야 할 이유도 없다. 스스로 '돈 버는 것은 힘든 일이다'라고 생각하면 실제로 돈 벌기가 힘들어진다. '돈, 별거 아닌데? 아무것도 아니잖아! 벌면 되지!'라고 한 번쯤은 생각을 바꿔 돈 버는 것을 좀 우습게 여겨 보라.

돈이라는 것은 하나의 에너지다. 실제적이고 실체가 있는 고정된 물질이 아니라 단지 하나의 에너지일 뿐이다. 그렇기에 돈은 생각에 따라오고 갈 뿐이다.

큰 회사를 경영하는 한 거사님은 똑같은 회사를 세 번

이나 완전히 망해서 거지처럼 거리로 나앉은 경험이 있다고 했다. 그때마다 이상하게 이대로 무너진다는 생각을 한 적은 없다고 했다. 당연히 다시 일어설 수 있다고 생각했고, 살면서 한 번도 돈 버는 것이 어려운 일이라고 생각해 본 적이 없다고 했다. 그 돈에 대한 생각의 토대가 현실을 세 번이나 일으켜 세워 준 것이다. 반대로 어릴 적부터 집안이 가난했고, 큰돈이라고는 만져 본 적도 없던 한 분은 작은 사업을 시작하면서도 크게 성공하리라고는 아예 생각도 해본 적이 없다고 했다. 남들보다 조금 자고 더 성실히 일했음에도 불구하고 열심히 하는 것에 비해 크게 성공을 하지 못했다.

자기 생각의 틀 속에서 돈에 대해 미리 규정지어 놓았기 때문이다.

성공한다고 했을 때 어떤 사람은 대략 '일억' 정도면 성공이라고 규정짓고, 또 어떤 사람은 '십억', 또 다른 사람은 '백억', 혹 어떤 사람은 그 틀 자체가 없는 사람도 있다. 어떤 이십 대 젊은이가 자신의 꿈을 이야기하는데 천조를 벌어서 세계의 경제를 움직이겠다고 했다. 곁에 있던 다른 친구들이 어이가 없다는 듯 웃으며, 도저히 말도 안 된다는 표정을 짓고 있었지만, 그 친구는 실제로 그렇게 될 것이라는 확신으로 너무나도 진지한 표정이었다.

우리는 세상이, 혹은 신이 나의 운명을 규정짓는다고 생각하곤 한다. 타고난 운명, 타고난 복이 따로 있다고 여긴다. 어떤 이는 스스로 '저는 업장이 두터워서, 저는 복이 없어서 안 돼요'라고 말한다. 그걸 어떻게 알 수 있단 말인가? 자기 운명을 복을 업장을 결코 우리는 알 수 없다.

또한, 그것은 정해져 있는 것도 아니다. 매 순간 변할 뿐이다. 무한가능성의 텅 빈 바탕, 우리의 근원은 한계가 없고, 다만 마음 내는 것에 따라 현실을 드러낼 뿐이기 때문이다. 부모님 잘 만나 태어났으니 나는 부자라고 규정짓고, 부모님 못 만나 가난하게 태어났으니 나는 원래 가난하다고 생각하지만, 사실은 그 모든 것이 자기 스스로 규정하고 제한한 것일 뿐이다.

당신은 그 어디에도 갇혀 있지 않은 존재다. 스스로 울타리를 치기 전까지는.

부자와 가난 속에서 균형 있게 배운다

사실 모든 것이 마찬가지지만 돈이라는 것도 하나의 에너지에 불과하고, 부자와 가난하다는 것도 하나의 차이에 불과하다. 부자로 살 것인가, 가난하게 살 것인가는 어쩌면 단순히 하나의 선택의 문제일 수도 있다.

자신이 지어 온 업에 기초하여, 어느 생에는 가난이 주는 의미를 깨닫기 위해 복업이 많더라도 가난하게 태어남으로써 삶을 배워나갈 수도 있고, 또 다른 생에서는 풍요로운 삶과 나눔이 주는 깨달음을 배우기 위해 부자로 태어나기도 하는 것이다. 그 양쪽이 모두 의미 있는 생애이며, 양쪽의 삶 모두 우리에게는 필요하다. 즉 부자와 가난의 의미에 대해 균형감 있게 배워야 한다는 것이다.

그렇기에 사실 근원적인 관점에서 본다면, 자기 자신에

게 주어진 경제적인 삶의 조건을 있는 그대로 받아들이는 것이야말로 최상의 수행자다운 수용과 섭수의 삶이다. 내면의 더 깊은 차원에서 이번 생을 균형 있게 배우기 위해 무엇이 필요한지를 정확히 알아야 한다. 우리는 이번 생을 최선을 다해 계획해 내었고, 그 계획에 우리의 근원 또한 동의하며 함께 했기 때문이다.

가난과 부자를 분별하기보다는 더 깊은 차원의 깨달음을 위해 지금 현생의 있는 그대로의 경제력에 대해 온전히 순응하며 수용하고 받아들여 그 속에서 배우고 깨달아야 할 필요가 있는 것이다.

가난수업과 부자수업, 더 중요한 건 졸업

이처럼 삶을 받아들이면서도 이타적인 자비와 나눔의 목적으로 일체중생을 위해 꼭 어느 정도의 돈이 필요하다면 위에 설명해 드린 방식을 이용하여 얼마든지 이 우주 법계에서 끌어다 쓸 수도 있다.

물론 지혜로운 사람이라면, 그렇게 부자가 되길 마음은 내겠지만, 결과는 하늘에 내맡길 것이다. 그것은 성공할 수도 있고, 실패할 수도 있기 때문이다. 앞서 설명했던 모든 '부자 되는 법'이 절대적 필승 비법일 수는 없다. 그것은 될 수도 있고 안 될 수도 있다. 당연히 업보와 복덕, 인과라는 우리가 알 수 없는 더 큰 인연을 무시할 수 없기 때문이다. 그것은 우리가 알 수 없는 영역이다.

그렇기에 부자가 되고 싶다고 마음을 내며, 최선으로

업을 바꾸고 실천하며 노력할 수는 있겠지만, 거기에도 집착해서는 안 된다. 최선으로 노력하되 결과는 내맡기는 자세야말로 가장 지혜로운 삶의 실천이다.

만약 부자가 되었다면 그것은 좋은 일이고, 되지 못했더라도 그 또한 좋은 일이다.

아직은 부자가 될 시절 인연이 아니니까 안 된 것이겠지. 혹시 지금은 부자가 되기보다는 지금의 가난을 통해 배워야 할 것이 더 남았을지도 모른다. 아직 인생의 다음 장으로 넘어갈 때가 아니다. 그렇다면, 지금의 이 가난에 '오케이!'하며 훅 받아들이게 된다면, 이 수업 시간에 배울 것을 빠르게 습득하게 될 것이고, 우리는 '가난 수업'인 1교시를 끝내고 드디어 2교시 '부자수업'으로 넘어갈 수도 있을 것이다.

삶 자체가 배우고 깨닫는 곳이 아니던가.

더 빨리 많이 부자가 되는 것이 중요한 것이 아니라, 이 지구별이라는 학교에서는 더 충실히 주어진 인생 수업을 통해 배우고 깨닫는 것이 중요하기 때문이다. 눈치챘는지 모르겠지만, '부자'나 '가난'은 고작 지구별 인생 학교의 한 과목일 뿐이다. 중요한 것은 특정 과목이나 학기에만 머물러 있는 것이 아니라, 빨리 그 과목에서 배울 것을 깨달아 졸업하는 것이다.

우주의 무량대복을 끌어다 쓰라

여러분이 만약 이타적인 자비와 나눔의 원력으로 돈이 필요하다고 원을 세운다면 그것은 내 이기적인 소원일 때에 비해서 놀라울 정도로 더 빨리 원력을 이루게 될 것이다. 그것은 내 일이 아니라 우주의 일이기 때문에, 나의 복을 쓰는 것이 아니라, 우주의 무량한 복을 끌어다 쓰는 것이기 때문이다.

그때 나는 하나의 개별적인 존재가 아니라, 우주의 대리인이며, 자비와 나눔이라는 근원적 에너지가 나로서 화현되어 나타난 존재가 된다. 내가 곧 우주라는 진리와 하나가 되는 것이다. 그때 우주는 금액이 얼마든지에 상관없이 필요한 만큼을 가져다줄 것이다. 그 자비와 나눔이 꼭 필요하다면 말이다.

그러나 그런 이타적인 생각일지라도 우주 법계에 또 다른 계획이 있다면, 예를 들어 돕고자 하는 이들이 어느 정도 가난과 결핍, 기아 속에서 업장을 소멸하며 깨달아야 할 무언가가 있어서 그 가난한 조건을 만났다면, 우주는 어느 기간동안 그들을 가난하게 내버려 둠으로써 또 다른 더 깊은 차원에서 도울지도 모른다.

그렇기에 우리는 우리가 할 수 있는 최선을 다할 뿐 결과는 우주 법계에 내맡겨야 한다. 그 더 큰 뜻을 우리는 다 알 수 없기 때문이다. 이 우주 법계에서 끌어다 쓸 수 있는 복을 불교에서는 무량대복(無量大福)이라고 말한다. 바라는 것 없이 이타적인 자비와 신업, 의업, 구업을 실천하면 현실에 무량대복이 생긴다. 무량한 돈과 물질 그리고 무량한 복을 자연스럽게 끌어다 쓸 수 있는 복력과 원력이 생기는 것이다.

개인적이고 이기적이고 아집과 아상에 얽매여 있게 되면 절대 끌어 쓸 수가 없다. 그러나 아상과 아집, 욕심을 넘어서게 되면 내가 우주의 일에 참여하는 또 하나의 그릇이 되기 때문에 그 복을 고스란히 퍼다가 쓸 수 있다.

풍요의 의식이 돈을 끌어당긴다

'나는 가난하니 부자 되게 해주세요.'라는 기도는 별 의미가 없다. 먼저 베풀어야 한다. 베풀지 않고 어떻게 부자가 되겠는가.

대부분의 사람은 이렇게 말한다.

"내가 돈 많이 벌면, 그때 가서 베풀겠습니다."
"십억만 벌게 해주세요. 십억 벌고 나면 보시하겠습니다."
"제가 절에 많이 보시할 테니까, 돈 좀 많이 벌게 해 주십시오."

이것은 완전히 거꾸로 뒤바뀐 기도다. 작게라도 먼저 나누고, 먼저 베푸는 마음을 연습하면 돈은 저절로 벌리기 때문이다. 우리에게 중요한 것은 먼저 풍요로운 마음으로 베푸는 마음을 연습하는 것이다.

부자가 되려면 먼저 부자의 마음을 연습해야 한다.

풍요의 의식이 돈을 끌어당기는 것이기 때문에, 우리는 돈을 벌려고 애쓸 것이 아니라 그 근원인 풍요의 의식을 연습해야 한다. 마음이 풍요로우면 저절로 물질도 풍요로워지기 때문이다.

언제나 우선권은 마음에 있다. 마음이 부자가 될 준비가 안 되어있는데 어떻게 풍요를 담을 수 있겠는가. 그릇이 작으면 아무리 많은 비가 쏟아져 내려도 그릇 크기만큼만 담기고 나머지는 흘러내릴 수밖에 없다. 이 말들이 어찌 보면 황당하게 들릴 수도 있고, 상당히 구체적으로 들릴 수도 있을 것 같지만 결국 어떻게 받아들일 것이냐에 따라서 여러분의 삶은 완전히 달라질 것이다.

'나는 부족하다'라는 생각에서 벗어나라.

'돈은 나쁘다'라는 생각에서 벗어나라.

너무 세속적인 사람은 돈에 엄청난 집착을 한다. 반대로 너무 성스러운 사람은 돈 자체가 사탄이고 마귀인 것처럼 생각한다. 그럴 필요도 없다. 지혜가 있어 올바로 쓸 수 있다면, 왜 돈이 나쁜 것인가. 선불교에서 백장, 임제 등 수많은 깨달은 선사 스님들께서는 바른 안목을 갖추었다면 '하룻밤에 황금 만 냥을 써도 좋다.'고 했다. 다만 바르게 깨닫지 못했다면 쌀 한 톨도 소화하지 못할 것이라 했다.

깨달은 입장에서는 황금과 똥이 다르지 않다. 부자와 가난이 다르지 않다. 다만 인연따라 쓸 뿐이지, 그 무엇에도 집착하지 않는다. 근본이 텅 빈 것임을 깨닫기 때문이다.

부자가 되려면 먼저 나란 존재 자체가 본래 완전하고 풍요로움을 알아야 한다. 마음이 풍요로워지면 물질은 언제나 마음을 뒤따른다. 먼저 업을 짓고 행동으로 옮겨 보라. 몸으로 베풀고, 말로 베풀고, 생각으로도 베푼다면, 그 업의 토대 위에 풍요의 결과가 생길 것이다. 부처님 말씀하신 '업보의 법칙'은 당연한 것이다.

이기적인 부자가 되지 말고, 베풀 수 있는 부자가 되어 보자. 모두 함께 잘 먹고 잘살게 해주기 위한 부자가 되자. 이웃에게 사랑과 자비를 나눌 수 있는 부자가 되자. 나아가, 지금 이대로 본래 풍요로움을 깨닫는 진정한 부자가 되자.

제4장

마음으로 삶을 창조하는 방법

뜻대로 다 이루어질 수 있을까?

현실에서 마음먹은 대로 원하는 바를 이룬다는 것은 쉬운 일이 아니다. 마음먹은 것을 어떻게 하면 현실로 이룰 수 있을까? 어떤 방식으로 현실은 드러나는 것일까? 마음으로는 부자가 되고 싶지만 현실 세계에서 부자가 되기란 너무나도 어렵다. 마음으로는 돈도, 명예도, 권력도, 지위도, 사랑도, 집도, 차도 다 가지고 싶지만, 마음을 먹는다고 그 모든 것이 내 것이 되는 것은 아니다.

진실을 말해보자면, 마음 낸다고 해서 뜻대로 모든 것을 이룰 수 있는 것은 아니다. 그 마음이 '나'의 마음이기 때문이다. 즉 아상과 아집에 사로잡힌 자기 생각대로 어떻게 세상이 다 맞춰줄 수 있는가? 만약 그럴 수 있다면 지구별의 수많은 사람의 욕망을 위한 수많은 지구가 더 있어도 모자랄 것이다. '나'라는 아집은 언제나 '더 많은 것'을 원하고, '남들보다 잘 되길' 원하며, 결과는 어떻든 일단 지금 내가 원하는 것을 얻어야 한다고 여긴다.

그러나 그것이 정말 옳은 것일까? 새옹지마(塞翁之馬)란 말처럼, 지금은 이것을 원했지만, 훗날 깨닫고 보니 그것이 나에게 나쁜 것일 수도 있고, 그 반대일 수도 있다. 그렇다면 내가 나에게 무엇이 좋은지를 정말로는 알지 못하는 게 아닐까? 정말 우리는 내 뜻대로 이루게 되면 행복할까? 세상 사람 모두가 자기 뜻대로 되는 세상은 평화로울까?

아닐 것이다. 진실은 '모를 뿐'이다. 막연히 내가 부자가 되고 싶겠지만 부자가 정말 나에게 좋은 것인지 우리는 모른다. 그렇기에 '내 뜻대로' 보다는 '진리 뜻대로'가 더 올바른 것이 아닐까? '나'는 모르기 때문이다. 무엇이 진리 뜻대로일까? 불교에서는 제법실상(諸法實相), 입처개진(立處皆眞), 촉목보리(觸目菩提)라는 말이 있다. 지금 있는 이대로의 현실, 내가 서 있는 이곳, 눈에 보이는 현실 이것이 바로 실상이며, 진실이고, 깨달음이라는 뜻이다.

현실이 곧 진실이다.

'진리 뜻대로'는 곧 '현실 뜻대로'를 말한다. 그리고 누구에게나 삶은 현실 뜻대로 꽃 피어나고 있다. 지금 이대로의 현실, 자신에게 주어진 현실이야말로 진실이다. 지금 나는 더 많은 것을 가져야 하는 것이 아니라, 지금 이대로, 지금 이 만큼을 가져야 한다. 지금이라는 현실이 이것을 가져다 주었기 때문이다. 그래서 불교에서는 늘 지금 여기에서 만족하고, 감사해하며, 자족하는 삶을 설파해 왔다. 이것이야말로 가장 근원적인 지혜다.

부자가 되려면 인과 연이 화합해야 한다

그런데 만약 어떤 사람이 현실은 가난하지만, 가슴 속에서 뜨겁게 '부자'가 되길 원하며, 부자를 꿈꾸는 마음이 생겼다고 생각해 보자. 나의 외적인 현실은 가난하다. 그러나 내면의 현실은 부자를 원한다. 외적인 현실도 받아들여야 하지만, 내적인 현실도 무시해서는 안 된다. 부자가 되고 싶은 마음이 생겼다면, 자기 내면의 소리를 귀하게 여길 필요가 있다. 그 또한 인연이기 때문이다. 무엇이든 이루려면 인연이 화합해야 과보가 생긴다. 인(因)은 직접적인 원인이고, 연(緣)은 보조적인 원인이다. 쉽게 말하면 내 마음속에서 부자를 꿈꾸는 마음, 그래서 부자가 되기로 한 마음은 인이다. 그러나 그 인이 있다고 해서 누구나 부자가 되지는 않는다. 연이 도와줄 때만 가능하기 때문이다.

그러니 내가 원하는 것이 있을 때, 그 인을 귀하게 여겨, 그 인을 펼쳐내야 한다. 다만, 이 연기법에서 중요한 것은 인 혼자만 결과를 도출하는 것이 아니라, 수많은 보조적인 연이 도와야만 가능하다는 점이 핵심이다. 그러나 연이 나를 도와줄지 안 도와줄지는 그 누구도 모른다. 중중무진(重重無盡) 연기는 말 그대로 무수히 많은 인연이 결과를 꽃피우게 하는 것이기에, 우리 머리로는 도저히 알 수 없기 때문이다.

여기에서 중요한 점은, 내가 부자를 원하는 인이 있다면, 그 또한 인연이니 부자를 위해 노력하고, 시도해야 하지만, 그 인을 연이 도와줄지 안 도와줄지는 모르기 때문에 결과에는 집착하지 않아야 한다는 점이다.

이것이 핵심이다. 누구든 부자가 되고 싶다면, 최선을 다해 부자가 되도록 노력하라. 다만 결과에 대한 집착은 버려라. 결과는 알 수 없기 때문이다. 집착없이 행하는 자는 결과에 부담이 없으므로, 매 순간 자유롭고 열정적으로 행하지만, 삶은 가볍다. 이것이 진정한 자유인이다. 무엇이든 열정적으로 살지만, 가볍고, 무엇이 오든 받아들이며, 결과에는 연연해하지 않는다.

삶을 창조하는 마음은 과연 무엇일까?

그러면, 부자가 되려는 인(因), 마음이 일어날 때, 마음먹은 대로 현실을 조화롭고 자연스러운 방법으로 결과를 가져오게 할 수는 없을까? 결과에 집착없이 내맡기게 되면, 저절로 올바른 마음을 일으킬 수 있다. 올바르게 마음을 일으키는 것을 인이라고 했는데, 그 근본 원인인 마음을 잘 쓰기 전에 마음이란 과연 무엇일까? 마음이 무엇인지를 알아야, 마음을 잘 쓸 수 있을 것이다.

보통 사람들은 마음이라고 하면, 무언가를 원하는 것을 마음이라고 동일시하기 쉽다. 부자가 되고 싶다는 바람을 마음이라고 생각하는 것이다. 그렇기에 마음으로는 부자가 되고 싶어도 현실은 부자가 안 된다고 하는 것이다. 그러나 마음이란 그리 단순하지 않다.

그러면 도대체 무엇이 마음일까? 이것을 살펴보기 위해 불교의 가장 기본적인 교리인 오온(五蘊)에 대해 잠깐 살펴보자.

불교에서 나라는 존재를 물질과 정신으로 나누듯, 우주 전체를 물질과 정신으로 나눈다. '오온(五蘊)'이란 우주에 있는 모든 만물을 다섯 가지로 나눈 것이며, 동시에 나라는 존재 또한 오온이라는 다섯 가지 요소로 나뉜다. 온(蘊)이란 곧 집합·구성 요소를 의미한다. 여기서 오온은 색(色), 수(受), 상(想), 행(行), 식(識)을 말한다. 즉 나라는 존재에서 물질적 구성 요소인 몸은 색이라고 하고, 정신적 구성 요소는 수상행식 네 가지로 나뉜다. 쉽게 말해 육신은 색이고, 마음은 수상행식이다.

그러면 답이 나왔다. 불교에서는 마음을 수상행식이라고 일컫는다. 이 네 가지가 바로 마음의 구성 요소이다. 즉 이 네 가지 마음의 요소가 일체 현상세계를 그려낸다. 내일, 일주일, 한 달, 일 년 뒤의 미래가 어떻게 펼쳐질 것인가는 바로 이 네 가지를 어떻게 쓰느냐에 달려 있다. 이 네 가지 마음이 무엇인지를 알고, 그 마음을 올바로 쓰는 방법만 깨닫는다면 우리는 더욱더 쉽게 자기 인생의 주인공이 될 수 있을 것이다. 그제야 비로소 세상이 어떻게 만들어지고 움직이는지, 또한 각자 사람들의 삶이 펼쳐지는 방식에 대해서도 이해하게 될 것이다. 그러면 하나하나 살펴보도록 하자.

'느낌'이 삶을 창조한다

수상행식의 첫 번째는 수온(受蘊)이다. 다시 말해 삶을 만들어내는 첫 번째 마음작용은 수온이다. '수'는 즐겁고 괴로운 것을 느끼는 감정을 의미한다. 즉, 감정을 통해 느끼는 것이 곧 나의 삶을 창조한다. 무엇을 '느끼느냐' 하는 것은 곧 무엇을 '창조할 것인가'와 같은 말이다. 매 순간의 현재에 무엇을 느끼고 사느냐 하는 것이 바로 어떤 미래를 창조할 것이냐를 결정짓는다.

느끼는 바대로 삶은 창조된다.

예를 들면 최근 일주일간을 돌이켜 보자. 내 마음 가운데 어떤 느낌이 나의 삶에 가장 크게 작용했는가? 행복? 기쁨? 즐거움? 아니면 불안이나 답답함? 괴로움? 내가 현재 무엇을 느끼고 있느냐가 미래를 만들어내는 것이다. 무언가를 느끼고 있음과 동시에 미래를 창조하는 것이다. 내가 원하는 것이 미래에 이루어지는 것이 아니라, 내가 현재에 느끼고 누리고 있는 것이 미래에 창조되는 것이다. 이것은 매우 중요한 얘기이다.

그러면 어떤 이는 이렇게 묻는다.

"상황이 좋으면 좋은 걸 느끼고, 상황이 나빠지면 나쁜 감정을 느끼는 것이지 그 느낌을 우리가 어찌할 수 없지 않습니까?"

과연 그럴까? 좋은 상황이라고 좋은 걸 느끼고, 나쁜 상황이라고 나쁜 걸 느낄까? 그렇지 않다. 보통 우리는 외부적으로 어떤 상황이 생기면 그에 따라 우리의 느낌이 수동적으로 결정된다고 생각한다. 우리가 우리의 느낌을 결정짓는 것이 아니라, 외부적인 상황이 우리의 느낌을 결정짓는다고 알고 있었을 것이다. 그러나 그렇지 않다. 같은 외적 상황에서 무엇을 느낄 것이냐는 전적으로 나에게 달려 있다.

나 스스로 내 느낌과 감정을 선택할 수 있다는 것이다.

그래서 『반야심경』에 따르기를 '색즉시공(色卽是空) 공즉시색(空卽是色)', 동시에 '수상행식 역부여시(受想行識 亦復如是)'라고 함으로써 수상행식 또한 이처럼 공하다고 말하고 있다. 쉽게 말해 '수즉시공 공즉시수'라는 것이다. 즉 느낌과 감정이라는 마음작용 또한 고정된 실체가 아니며 공(空)한 것이다. 따라서 상황에 따라 자동으로 느낌이 따르는 것이 아니라는 의미이다. 느낌은 공하기 때문에 같은 상황에서 무엇을 느낄 것인지는 정해져 있는 것이 아니라 사람에 따라 여건에 따라 다르다.

무엇을 느낄지는 내가 결정한다

힘든 상황에 부닥쳤다고 해서 그것이 꼭 나쁜 느낌인 것은 아니다.

쉬운 비유를 한 번 들어보자. 밥과 김치를 먹고 있다. 그건 나쁜 느낌일까? 좋은 느낌일까? 사실 김치를 반찬으로 밥을 먹고 있다는 그 상황 속에는 좋거나 나쁜 그 무엇도 없다. 그저 중립일 뿐이다. 그러나 상황 따라 그것은 괴로운 느낌이 들어오기도 하고, 즐거운 느낌이 들어오기도 한다. 한 달씩 굶은 이라면 김치와 밥만을 가지고도 꿀맛 같다고 느낄 수 있다. 반면, 갑자기 몰락한 이라면 그 상황을 비참하다고 느낄 수도 있다.

덥다는 상황은 중립이다. 그것 자체에는 좋거나 나쁜 느낌이 없다. 한여름에 땀 흘려 일하는 사람에게 열기는 싫고 나쁘며 찝찝한 느낌일 수도 있지만, 사우나에 있는 사람은 그보다 더한 더위 속에서도 '시원~하다'라고 말한다. 살을 빼려고 다이어트를 하는 사람에게 많은 땀은 행복한 것일 수도 있다. 즉 덥다는 그 상황이 느낌을 결정적으로 좌우하는 것이 아니라, 그 덥다는 상황에 대한 나의 해석, 판단, 생각이 그것에 대한 느낌을 만들어내는 것이다. 어떤 상황 자체가 그것에 대한 느낌을 좌우하는 것이 아니다.

내가 무엇을 느낄 것이냐에 대한 결정권은 언제나 자신에게 있다. 내 삶을 어떻게 만들어 낼 것이냐에 대한 결정권은 자신에게 있다는 것이다.

언젠가 설악산에 단풍을 구경하러 갔었다. 어찌나 차가 많이 막히는지 입구에서부터 도통 앞으로 나아갈 생각을 하지 않았다. 차가 막히는 것은 좀 불편했지만, 단풍은 참 아름다웠다.

꽉 막힌 도로 정도는 충분히 감수할 만했다. 그것보다는 놀라운 설악의 단풍을 감상하는 것이 더없는 기쁨이었기 때문이다. 꽉 막힌 도로와 아름다운 단풍처럼 우리 주변에는 항상 나쁜 일과 좋은 일이 동시에 있다. 거기에서 무엇을 선택하고 어느 쪽에 마음을 기울여 어떤 감정을 선택할 것인지는 언제나 나의 선택일 뿐이다.

뒷산은 온통 단풍으로 물들고 가을이 절정으로 치닫고 있더라도 컴퓨터 모니터 속에서 일과 지지고 볶으면서 싸우는 사람이 있고, 그런 바쁜 일과 중에도 틈나는 대로 단풍을 바라보면서 감탄할 줄 아는 사람도 있다.

스마트폰 너머로 시선을 돌려보라

도시인들은 바람결에 나뒹구는 낙엽에는 무심한 채 오로지 스마트폰의 액정화면에만 눈길을 빼앗기고 있다. 그 스마트폰 액정 너머에는 풍성한 가을이 익어가고, 노랗고 빨간 오색의 단풍들은 오후의 햇살을 받아 반짝거리고 있지만 아무런 의미가 없다. 사람들은 저마다의 관심거리에만 움직일 뿐이다.

내가 어디에 마음을 둘 것인지, 그래서 무엇을 느낄 것인지는 언제나 내가 결정한다. 자연을 느끼지 못하고 공명하지 못한다면 제아무리 장엄한 자연이 펼쳐질지라도 나에게 그런 것은 없다.

따뜻한 아침 햇살이 내리쬘 때 두 팔을 벌리고 평화로움과 고요함을 누릴 줄 아는 사람은 행복한 사람이다. 창틈 사이로 비스듬히 비춰오는 햇살을 받아 끓여 놓은 차 한 잔에서 그윽한 향이 피어오를 때 그 차향의 연주를 듣는 것은 참으로 축복이다. 그런데 이 행복한 감정, 작지만 따뜻하고도 깊은 고요와 평화를 느끼는 것이 내 삶을 창조하는 원동력이라는 걸 우리는 모르고 살아왔다. 내 삶을 창조하는 가능성이 내 앞에 이렇게 펼쳐져 있는데도 눈 앞에 쌓인 업무에만 집중하느라 바쁜 나머지.

물론 일이 중요하지 않은 것은 아니다. 하지만 일의 성취도와 무관하게 내가 무엇을 느끼면서 그 일을 하느냐에 따라 미래가 좌우된다.

괴로움을 느끼기보다 일을 많이 못 했더라도 정말 내가 좋아서 즐겁게 일을 했다면 그것이 훨씬 더 큰 행복을 가져다줄 것이다. 일하는 와중 즐겁게 몰입되는 그 느낌이야말로 우리의 일에 대한 미래를 창조하기 때문이다. 일을 통해 즐거움을 느끼게 된다면 머지않아 그 일로 인해 당신은 더 많은 즐거움을 얻게 될 것이다. 그러나 온갖 스트레스 속에서 마지못해 일하게 된다면 안 좋은 결과만을 반복하게 될 뿐이다.

느낀 대로 더 많이 느낄 기회가 부여된다

기쁜 마음으로 일하는 가운데 틈틈이 호흡을 가다듬고, 따뜻한 햇볕을 느끼고, 아름다운 자연을 감탄할 때 근원적인 행복이 깃들게 된다. 그렇게 행복과 평화, 고요와 같은 감정으로 채워질 때 우리의 인생은 아름다워진다.

행복을 얼마나 많이 느끼고 사느냐에 따라 더 행복한 미래가 펼쳐지게 된다.

내가 느끼는 것을 더욱더 느낄 수 있도록 우주 법계가 상황을 조성해 주기 시작한다는 뜻이다. 감동하기를 좋아하면 감동을 주는 상황이 인생에 자꾸 등장하게 된다. 자연을 보고 더 많이 감탄하고 감동하게 된다면 직장에서 특별한 인연이 생기고 생각지 못했던 휴가를 받게 될 수도 있다. 직접 자연 속으로 뛰어들어 더 많이 자연을 느끼고 감동하라는 우주 법계의 피드백이다.

나에게서 나간 것은 우주 법계를 거쳐 다시 나에게로 되돌아온다.

나쁜 감정을 내보냈다면 그 나쁜 감정은 하나의 에너지가 되어 자체의 생명력을 가지고 우주 법계를 떠돌다가 인연이 맞는 때가 되면 다시 나에게로 되돌아온다. 불행을 느끼는 사람은 불행할 일들이 더 많이 생겨난다. 그러나 행복한 감정, 평화로운 느낌, 기쁨에 충만한 삶을 살아간다면 그 느낌과 감정이 고스란히 나 자신에게로 되돌아와 나를 행복하게 만들어 줄 것이다. 느낌과 감정은 그 자체로는 본질적으로 공허하지만 하나의 생명력을 지닌 에너지이기 때문에, 나에게서 나간 대로 들어온다.

생각해 보라. 자연을 보고 감동을 받기 전에는 아름다운 자연이 지천으로 널려 있는지 모른다. 그러나 어느 순간 대자연이 주는 평화와 경이로움을 깨닫게 된 뒤에는 무한한 자연의 신비로운 모습들이 눈에 보이기 시작한다. 발밑에 있는 풀 한 포기, 꽃 한 송이, 여러분이 잡초라고 생각하는 수많은 풀이 너도나도 진기한 꽃들을 피워낸다. 그 모든 것들이 보이지 않다가 보이기 시작하고, 그것이 감동으로 다가오기 시작한다. 더 많은 감동이 하나하나 생겨나기 시작한다. 우리가 직접 느끼고 감동하기 전에는 아무리 무한한 신비의 자연이 있었어도 우리에게 그것은 없는 것과 같다. 비로소 감동하고 감탄하며 찬탄하기 시작할 때 그것은 우리에게로 와서 창조의 영감으로 바뀐다.

내가 감동하고 감탄하며 찬탄하는 것은 그대로 내 인생에 창조된다. 더 많이 감탄할수록 더 많이 눈에 뜨이고, 더 많이 찬탄할수록 더 빛나는 순간이 내 인생에 드러난다.

나 또한 스스로 자연이 주는 아름다움의 귀한 인연을 깨닫지 못했을 때는 자연과 접촉할 기회도 주어지지 않았다. 대자연의 아름다움과 풍요, 조화와 경이에 눈을 뜨고 난 뒤부터는 자연스럽게 내가 우주 법계로부터 대자연을 경탄할 기회를 부여받는다고 느낀다. 설악으로 지리산으로, 울릉도와 제주도로, 또 안나푸르나와 쿰부 설산 히말라야, 라다크와 인도, 미얀마, 부탄으로 철마다 갈 기회들이 자연스럽게 생기게 된 것이다.

작은 것 속에서 큰 기쁨을 누리는 감각

누군가는 이렇게 말한다.

"군 생활은 정말 견디기 힘들었습니다. 그런데 어떻게 이 상황에서 행복과 보람을 느낄 수 있습니까?"

부정적인 것에 집중하면 그렇게 느낄 수도 있다. 그런데 왜 그 부정적인 것에만 집중하는가? 같은 상황에서도 행복과 감동을 느낄 수 있다는 사실을 망각하고 있다.

군에 오기 전에는 부모님이 나에게 얼마나 귀하고 감사한 존재인지 모른다. 법회 끝나고 나눠주는 초코파이 하나가 꿀맛처럼 느껴질 수 있다는 것을 모른다. 힘든 훈련 끝에 얻는 잠깐의 쉬는 시간이나, 행군으로 지칠 대로 지치고 배가 너무 고플 때 먹는 밥 한 끼는 천상의 만찬에 비할 바가 아니다. 힘들고 지칠 때 선임병의 응원의 한 마디가 그렇게 큰 위안이 될지 몰랐을 것이다. 사회에 있을 때는 전혀 느껴보지 못했던 감사함이다.

크고 엄청난 것들 속에서만 느끼던 것들을 지금에 와서는 작은 것들 속에서도 느낄 수 있다. 사실 이것이야말로 정말 큰 것을 배워가는 과정이다.

작은 것 속에서 행복을 찾아내고, 작은 행복을 크게 느낄 수 있는 감각이야말로 우리 인생에 가장 큰 축복이다. 작고 여린 것들 속에서도 큰 행복을 느낄 수 있는 사람은 더 크고 많은 행복을 창조하는 놀라운 방법을 체득한 것이다.

보통 많은 현대인은 스스로 불행한 삶을 창조한다. 스트레스에 찌들고 자극적인 환경에 장시간 노출되면서 느낌이 둔감해지기 때문이다. 작은 것에 행복을 느끼지 못한다. 육근(六根)이라는 감각기관인 눈, 귀, 코, 혀, 몸, 뜻은 자극적인 것을 찾아 헤맨다. 더욱 자극적인 것을 봐야 흥미를 느끼고, 더 크게 음악을 들어야 흥을 느끼게 된다.

TV에 나오는 가수들만 보아도 자극적인 의상과 현란한 음악은 기본이다. 이런 것에 익숙해진 우리는 클래식과 같은 잔잔한 음악이나 자연이 빚어내는 바람 소리에서 행복을 느낄 수 있는 감각을 잃었다.

바로 그 감각을 되찾는 일이야말로 행복한 삶을 창조하는 원동력이 될 것이다. 그러면 아무리 힘든 상황에 부닥쳐도 그 속에서 희망과 행복을 찾게 될 것이다. 군 생활을 하면서도 실로 작은 것에 행복을 느끼게 될 것이다.

언젠가 신영복 님의 인터뷰를 보았다. 감옥에 있을 때, 문득 신문지 크기의 햇살이 하루에 겨우 2시간 들어오는데, 그 햇볕을 쬐는 것이 10년간의 감옥생활을 보상해 줄 만큼 행복한 것이었다고 했다. 그러면서 그 오랜 감옥생활을 원망하거나 끔찍해 하는 것이 아니라, 그 2시간 동안의 작은 햇살이 주는 행복의 감각을 깨달은 것만으로도 충분히 보상되었다는 것이다.

아무리 작은 것일지라도 그것을 느끼는 감각을 깨닫는다면 그것은 그 무엇으로도 대체할 수 없는 무한한 행복이 된다. 햇살 한 줌을 느끼는 행복이 10년 감옥을 보상해 줄 수도 있다는 것이 얼마나 놀라운 일인가? 지금 순간에도 감동과 신비의 오후 햇발이 경이롭게 내 위로 부서지는 중이다.

최고 사업가의 조건,
더 많이 감동하고 감탄하라

모두 돈 벌려고 기를 쓴다. 머리가 똑똑하면 돈을 많이 벌 수 있을까? 아니다. 그렇다면 학력순으로 부자가 될 것이다. 밤하늘의 별을 바라보면서 감탄하고 감동할 줄 아는 사람, 이런 사람이 요즘 말로 하면 최고의 사업가이다.

충분히 풍요로움을 느끼고 감동하고 행복을 느낄 줄 아는 사람일수록 우주 법계는 그 사람을 더 많이 돕는다. 아니 사실 우주 법계가 돕는다고 할 수도 없고, 사실은 자기 자신이 스스로 자신을 돕는 것이다. 내보낸 대로 들어온다는 이 이치대로 자신을 돕는 것이다.

행복을 느낀다면 돈을 많이 벌려고 머리를 싸매면서 굳이 부자가 되기 위해 노력하지 않아도 된다. 작고 소박한 삶 속에도 큰 기쁨을 누리고 살 줄 알며, 적은 돈에도 만족할 줄 알고, 소박한 밥상으로도 충분히 맛있는 한 끼를 누릴 수 있다.

이것이야말로 성인들의 삶이 아닐까. 성인들은 이 대자연의 오묘함만으로도 충분히 행복을 느낀다. 필요한 것은 이미 이 우주 법계에 모두 다 구족되어 있어서, 더는 필요한 것 없이, 현자는 다만 그 모든 풍요와 완전함을 누리고 느끼고 감동하며 찬탄할 뿐이다. 그럼으로써 무량한 대 복락을 짓게 되고, 그런 사람은 돈이 많지 않아도 충분히 행복하다. 하지만, 이타적인 원력에 의해 부와 물질이 필요할 때는 한마음 일으켜 우주 법계에 저축해 놓은 무량한 복락을 마음껏 끌어들여 쓰는 힘이 있는 것이다. 그래서 현자는 빵 한 조각으로도 우주 법계를 먹여 살릴 수 있다.

보통 로또에 당첨되거나, 진급하거나, 고급 아파트를 사거나, 외제 차를 사면 행복할 것으로 생각한다. 하지만 성인들은 작은 것을 보고 느끼면서도 행복을 느낀다. 애써서 엄청난 돈을 벌고 난 뒤에 행복한 것과 자연스럽게 지금 있는 그대로 행복한 것을 비교한다면 무엇이 더 경제적인가? 그저 지금 이 모습 그대로도 충분히 행복할 수 있는데, 애쓰고 노력하고 벌고 난 뒤에나 행복해지려고 한다면 그것이야말로 공연한 낭비가 아니겠는가. 지혜롭게 사는 방법은 특별한 것이 아니다. 작고 소소한 기쁨을 찾아내서 더 많이 느낄 줄 아는 것이 삶을 풍요롭게 만드는 원동력이 된다.

기쁜 일이 있어서 기뻐하는 것이야 누구나 할 수 있는 일이다.

그러나 남들이 보기에는 기쁜 일이 없어도, 지금 이렇게 활짝 드러나 있는 본연의 기쁨과 충만을 오롯이 만끽하며 기뻐하는 사람은 드물다. 만들어 낸 결과나 보상, 대상으로 인한 기쁨도 좋지만, 내가 애써 만들어내지 않아도 본래부터 주어져 있던 있는 그대로의 것이 가져다주는 근원적인 기쁨과 평안, 이 충만한 아름다움을 느낄 줄 아는 사람이야말로 가장 큰 마음부자가 아닐까.

사실 없던 것이 생겨나서 기쁜 것은 그것이 사라지면 기쁨도 사라진다. 그러나 본래부터 주어져 있던 본연의 것들에서 기쁨을 누리는 감각을 깨닫는다면 그것은 사라지지 않는 영원한 기쁨이다. 공기, 호흡, 자연, 햇살, 물 한 모금, 지금 이렇게 있는 이 있음, 깨어있는 존재, 이런 것들은 노력하지 않아도 본래부터 있던 것들이다. 이것이 바로 본래 구족이다.

매일매일 무엇을 느끼느냐에 한번 집중을 해보시기를 바란다. 내가 오늘 하루 느끼는 감정은 어떠했는가를 살펴보자. 매 순간, 매 시간을 기억하기 힘들기 때문에, 일기를 쓰는 것도 좋은 방법이다. 이 일기는 있었던 일을 쓰는 것이 아니다. 내가 오늘 하루 무엇을 느꼈는지를 쓰는 '느낌 일기'이다. 생각을 쓰는 것이 아니라 느낌을 쓰는 것이다. 느끼고 누리고 만끽한 것을 쓰는 것이 일기장이다.

보통 아는 만큼 보인다고 말한다. 하지만 지식이 많으면 보는 것을 제한한다. 지식으로 한 번 걸러서 보기 때문이다. 물론 공부를 하지 말라는 의미가 아니다. 지식이 없어도 충분히 느끼고 누릴 수 있는 열린 마음만 있으면 얼마든지 충분히 느끼고 감동하며 살아갈 수 있다는 것이다.

본래 완전하며 풍요로움을 깨닫기

많은 사람이 부자가 되길 원하지만 왜 모두가 부자가 될 수는 없는 것일까? 무엇을 느끼고 사느냐가 우리 삶을 창조한다. 그러나 자기 스스로 무엇을 느끼는 지에는 관심이 없고 부자가 되는 것에만 관심이 있기 때문이다. 부자가 느낄 법한 풍요로움을 먼저 감각으로 느껴야 부자가 될 수 있는데, 현실에서는 가난과 결핍을 느끼면서 마음으로만 부자가 되기를 원한다면 부자가 되기 힘들다.

그러면 어떻게 해야 부자의 느낌, 풍요로움을 느낄 수 있을까? 완료형, 완성형으로 느껴야 한다. 느끼려면 이미 완료된 상태에 놓여있어야 느낄 수 있다. 보통 행복해야 행복을 느끼는 것처럼 이미 원하는 것을 이룬 것처럼 느끼면 된다.

"스님. 이루지도 않았는데 어떻게 이룬 것처럼 거짓말로 느껴요? 그건 자신의 감정을 속이는 게 아닌가요?"라고 질문하곤 한다. 거짓말로 느끼라는 것이 아니라, 있는 그대로를 분명하게 보라는 것이다. 감정과 현실을 속이라는 것이 아니라, 지금까지 속아왔던 것을 되돌려 놓으라는 것이다.

여러분은 지금까지 잘못 알고 있었다. 착각 속에 빠져 있던 것이다. 지금까지 나는 불행하다고 착각했고, 결핍되어 있다고 착각했으며, 언제나 부족하다고 착각하고 있었다.

우주의 근원은 완전성이다. 그래서 우주 법계는 언제나 완성되어 있고, 무한하게 풍요롭다. 무엇하나 부족함 없이 가득 차있다. 풍요로움도, 사랑도, 지혜도 모든 것이 완전히 꽉 찬 것이 바로 이 우주 법계이다.

다만 사람들이 자기 생각으로 사람들과 비교하고, 탐내고, 성내면서 온갖 분별심으로 있는 그대로의 세상을 자기 식대로 걸러서 바라보기 때문에 있는 그대로의 충만한 진실이 가려질 뿐이다. 내가 그동안 작은 행복을 느끼고 감동하는 감각을 잃은 채 바깥으로 더 큰 것만을 찾아다니며 구걸하는 삶을 살아오다 보니 괴롭다고 느끼는 것이다.

밖으로 구하고 구걸하는 삶은 언제나 가난과 결핍을 창조하기 마련이다. 그러니 점점 더 많은 것을 얻고자 할수록, 부자가 되기를 원할수록 더욱더 우리는 가난해질 수밖에 없다.

비교를 넘어선 공성의 자각

언제나 내가 부족하다고 가난하다고 느끼는 것은 비교 때문이다. 남보다, 부자들보다 가난하다고 느끼는 것이다. 그러나 아프리카에서 가난과 기아로 죽어가는 이들과 비교해 본다면 어떨까? 우리는 무한하게 풍요롭다. 지금까지 우리는 비교 열등에 시달리며 남보다 가난하다고 굳게 믿고 있던 것이다.

그 모든 비교라는 잣대를 놓아보자. 그 자리에는 부자도 없고, 가난함도 없다. 그저 중립적인 하나의 현상만 있을 뿐이다. 중립적인 상황에 대해 그동안 우리가 비교라는 차별심을 만들어서 나 스스로 가난하다거나 부자라거나 하며 분별해 왔을 뿐이다. 바로 그 분별만 놓아버리면 우리는 언제나 고요한 상태에 놓일 수 있다.

부자가 좋다고 하겠지만, 사실 부자보다 더 근원적인 행복은 고요한 중립에 있다. 그 자리에 있으면 모든 비교가 사라지기 때문에 괴로울 것도 없이 그저 평화롭고 고요하다.

이처럼 내가 원래 가난했던 것이 아니라, 그동안 어리석었기 때문에, 내가 가슴을 활짝 열지 못했기 때문에 우주 본연의 완전성을 받아들이지 못한 것뿐이다. 그러니까 그 완전성과 풍요성에 가슴을 열고 받아들이기만 한다면 그 모든 것은 이미 내 것이다. 부처님께서 깨닫고 나서 '본래 우리는 깨달은 존재였다, 무엇하나 부족하지 않은 존재였다'라고 하셨다. 이미 완전한데 우리가 부족하다고 생각했던 것뿐이다.

우리는 모두 완전하다, 완전히 풍요롭고 지혜롭다.

그 완전성은 무언가를 소유하는 데서 오는 것이 아니라, 완전히 텅 빈 공성(空性)과 중도의 자각에서 온다. 공하다는 것은 꽉 차 있다는 것이고, 텅 비어 있다는 것은 무엇이든 채울 수 있다는 것이며, 중립이라는 것은 어느 쪽에도 치우쳐 있지 않다는 뜻이다.

1만 원의 결핍과 풍요

내 안에 모든 것이 갖추어져 있다고 믿고 그것을 느껴보자. 이미 내가 원하는 근원적인 것을 다 이루었다고 생각하고 완료형으로 느껴보기 바란다. 이 말은 긍정 심리학이나, 『시크릿』에서 말하는 것처럼 돈이 없지만, 돈이 많다고 느끼라는 말이 아니다. 부자가 아니지만 부자가 된 것처럼 가짜로 느끼라는 말도 아니다.

근원적인 차원에서 우리의 내면은 본래부터 공하며, 텅 비어 있어서 그 무엇도 부족한 적이 없고, 언제나 꽉 차 있다는 사실을 아는 바탕 위에서, 내가 누리고 느낄 수 있는 작고 여린, 당장에 느끼고 감동할 수 있는 것부터 감동하고 감사하며 나아가라는 의미다.

돈이 1만 원밖에 없다면 1만 원이 주는 느낌을 '없다',

'가난하다'는 결핍으로 느낄 수도 있다. 하지만 우선 지금 1만 원이 있으므로 감사함을 느껴보는 것이다. 그것으로 무언가를 사먹고 쓸 수 있다는 감사함을 느껴보는 것이다. 이렇듯 지금 당장 감동하고 느낄 수 있는 것에 초점을 맞춰보는 것이다. 그랬을 때 본래 이루어진 것을, 본래 이루어진 감각을 되찾을 수 있게 된다.

큰 것이 생겨야만 풍요로움을 느끼는 것이 아니라, 현재 주어진 작은 것 속에서도 충분히 풍요로움을 깨달을 수 있게 된다.

이렇게 마음가짐이 옮겨 가게 됐을 때 이 우주 법계는 나를 도와주는 작업을 시작한다. 더 많이 바라는 것보다, 더 많이 느끼고 누리고 감동하며 찬탄하고 감사할 때 이 우주 법계는 내가 느끼고 누리고 감동하던 것들을 더욱더 많이 느낄 수 있도록 보내준다. 이와 같은 방식으로 마음의 한 부분인 수온, 즉 느낌과 감정은 우리의 삶을 창조하는 원동력이 된다. 지금 내가 느끼고 누리고 만끽하는 것을 우주는 더욱더 지속해서 느끼고 누리고 만끽할 수 있도록 상황과 인연을 보내줄 것이다.

‘생각’이 삶을 창조한다

이번에는 수(受), 상(想), 행(行), 식(識) 중에서 상에 대해 알아볼 것이다. ‘상’은 표상작용, 개념작용을 말하는 것으로, 어떤 외부의 사물을 보고 비교, 판단하고 사유함으로써 개념을 만들어내고 이름을 붙이는 작용이다. 수온은 느낌과 감정이라면, 상온은 느낌과 감정으로 받아들여진 자료들을 가지고 개념화하고 이성으로 사유하여 총괄적으로 이름을 붙이는 것이다. 예를 들어 물속에서 뛰어노는 비슷하게 생긴 생명을 보고 ‘물고기’라고 이름 짓고 사유하는 것, 나무, 새, 다람쥐, 책, 가방 등 외부의 어떤 대상을 지성과 사유로써 추론, 판단, 총괄하여 최종적으로 어떤 이름을 붙이는 마음작용을 말한다.

조금 더 쉽게 포괄적으로 이해한다면 앞서 수온이 감정, 느낌 등의 감정적, 정서적인 작용이라면, 상온은 생각,

사고, 판단, 사유 등의 지각적, 이성적인 작용이라 생각하면 쉽다. 사람도 보통 느낌과 감정 등 정서적인 부분에 치우쳐서 감성적인 사람이 있는가 하면, 논리적이고 객관적인 사유와 지식, 판단, 개념 등에 더욱 치우치는 지성적인 사람들이 있다. MBTI에서 F와 T 즉, 감정(Feeling)과 사고(Thinking)로 나누는 것과 비슷하다. 예를 들어 사람을 고용할 때 어떤 사람은 그 사람이 주는 인상과 느낌, 정서적인 것을 보고 선택할 수도 있고, 또 지성적인 사람들이라면 외적인 느낌과 직관적 선택이 아니라 논리적이고, 객관적인 사실, 혹은 요즘 말로 스펙, 경력과 학력 등을 가지고 직원을 선발할 수도 있다. 물론 대부분의 경우라면, 그 사람에 대한 첫인상과 느낌 등의 직관적인 부분과 사유와 판단에 근거한 객관적인 판단을 종합적으로 하게 될 것이다.

이처럼 우리의 정신작용에는 수온이라는 느낌, 감정적, 정서적인 부분이 있고, 상온이라는 객관적, 이성적, 지성적인 부분이 있게 마련이다. 이제 상온을 이성과 사유, 생각과 사고, 상상 등 다양한 지성적, 이성적인 부분으로 쉽게 단순화하여 이해해 보자.

생각이라는 창조에너지

앞서 수온에서는 매 순간 어떤 느낌으로 사느냐에 따라 자신의 삶이 창조된다고 하였다. 이에 반해 상온에 의하면 자신의 평소 생각, 사고, 판단, 이성, 개념 등을 어떻게 쓰느냐에 따라 자신의 삶이 창조된다. 평소에 무엇을 주로 생각하고 사는지, 세상을 어떤 방식으로 판단하고 해석하며 사는지, 어느 방향으로 사고와 이성을 쓰며 사는지에 따라 사유하는 대로 삶이 창조된다.

단순하게 긍정적인 생각을 많이 하고 살면 긍정적인 삶을 창조하게 되고, 부정적인 생각을 많이 하고 살면 부정적인 삶을 창조하게 된다. 즉 내가 접촉하고 만나는 세상과 온갖 것들에 대해 우리는 늘 개념지어 이해하곤 하는데, 삶에 대한 개념이 긍정적인 사람과 부정적인 사람이 만들어 내는 창조는 전혀 달라진다.

우리는 하루에도 수십, 수백가지 일을 생각하고 상상하며 계획한다. 한순간도 멈추지 않고 끊임없이 일어나는 생각의 에너지를 가지고 무엇을 창조하고 있는가? 내가 생각하고 상상한 것은 그대로 현실을 창조하는 질료가 된다. 그 어떤 생각이나 사고, 사유와 판단, 사고방식과 가치관일지라도 내 안에서 일어난 생각의 에너지는 특정한 에너지를 가지고 이 우주로 퍼져 나간다. 어떻게 생각하느냐에 따라 특정한 생각 에너지는 '생각했다'는 것만으로도 특정한 창조에너지가 되어 이 세상을 일정 부분 만드는 데 일조한다.

그러니 같은 생각이 몇 번이고 반복되며, 심지어 그것이 내 안에 삶의 가치관이나 사고방식, 혹은 편견이나 선입견으로 자리잡고 있다면 그것은 분명히 독자적 생명력을 가지고 당신의 삶을 창조하게 될 것이다.

말 그대로 생각하는 대로 이루어지는 것이다.

스스로 쳐 놓은 '울타리'를 걷어치우라

깊게 생각하고 여러 번 상상했는데, 어느 순간 머릿속에 그렸던 일들이 똑같이 이루어지는 일을 경험해 본 적이 있지 않은가? 물론 '내가 마음먹는다고 과연 현실로 이루어질까? 말도 안 돼. 내 능력이 그렇게까지는 안 될 거야.'라고 생각한다면 그 또한 그렇게 될 것이다. 만약 당신이 '나는 해도 안 돼', '나는 어차피 안 될 사람이야'라는 생각에 갇혀, 자신의 능력을 제한하고 있다면 우주 법계는 '스스로 제한한' 그대로 삶을 펼쳐낼 것이다. 안 된다고 여긴 그대로를 현실로 구현시킨다. 나는 계속 안 되는 사람이 되고, 그것은 다시 '안 되는 사람'이라는 자기 생각을 더 믿게 할 것이다.

본래 우리의 능력은 제한이 없다. 그 어디에도 갇혀 있을 수가 없다. 사실 우리 본성에서 본다면, 업장이나 죄업이라고 해도 우리를 묶을 수 없다. 그 본바탕은 텅 빈 충만이라 하듯, 텅 빈 가운데 무한가능성으로 삼라만상을 그려내기 때문이다. 그러나 현실에서 우리 능력은 매우 작고 보잘것없어 보인다. 그 원인이 무엇일까? 그 원인은 바깥에 있던 것이 아니라 언제나 내면에 있다. 내면에서 자기 스스로 '나는 능력이 없어'라고 자신의 능력을 제한하고 한정시켰기 때문에 자신의 능력이 생각한 대로 고스란히 제한된 것이다.

스스로 울타리를 치고 '이 바깥으로는 나가지 않을 거야, 나갈 수도 없을 거야'라고 한정 지어 놓고, 그 바깥으로 나가길 원한다고 하면 이 얼마나 어리석은 일이겠는가? 울타리를 걷어치우기 전에는 결코 바깥으로 나갈 수 없을 것이다.

자신의 능력은 정해져 있지 않다. 언제나 그것을 정하는 쪽은 나 자신이다. 스스로 나 자신을 규정하고, 결정지을 뿐이다. 아무리 공부를 못하는 사람일지라도, '난 공부는 안돼'라고 선언하지는 마라. 그 선언은 더욱더 자신을 공부 못하는 사람으로 결정짓게 될 것이다.

같은 생각하는 사람을 끌어당긴다

갑자기 좋은 아이디어가 떠올라 구체적인 실천 방법을 생각하고 있는데, 동료에게 전화가 오더니 나와 똑같은 아이디어를 말하면서 이렇게 한번 해 보면 어떨까 묻는다. 이렇게 무릎을 칠 정도로 놀라운 동시성(同時性)의 일들이 이 세상에는 분명 일어난다. 스스로 제한하지 않는 사람에게는 이런 일들이 더욱 자주 일어난다. 자신을 틀에 가두지 않고 활짝 열어두었기 때문에, 그 열린 문으로 이 세상의 무한한 도움이 제한없이 들어온다.

온 우주 전체가 나와 둘이 아니어서, 우주에 내포해 있는 모든 가능성은 나에게 본래 구족되어 있는 것이기 때문이다. 나와 세상은 둘이 아니다. 세상은 언제나 내 마음에 반응하며, 내가 일으킨 마음에 100% 도움을 줄 준비가 되어있다.

스스로 문을 닫지만 않으면, 모든 것은 저절로 주어진다.

양자물리학에 따르면 생각이 일어남과 동시에 어떠한 지연도 없이 그 에너지가 우주 끝으로 퍼져 나간다고 한다. 이를 비국소성(non-locality)이라고 하는데, 양자 세계는 국지적이고 국소적인 제한된 우주가 아니라 비국소성으로 온 우주 전체가 통으로 하나이며, 시공간상 즉각적으로 연결되어 있음을 뜻한다.

말 그대로 우주 끝까지 그 생각의 에너지는 전달되고, 그 생각 에너지와 비슷한 주파수로 진동하는 또 다른 비슷한 생각과 즉각적으로 공명하게 되는 것이다. 생각 에너지는 공명을 통해 진동이 일어나고 유유상종의 법칙, 끌어당김의 법칙, 업보의 법칙에 따라서 그 에너지가 되돌아올 때는 함께 공명했던 많은 비슷한 에너지들을 끌어와서 창조 활동을 일으키게 된다.

원격 치유의 비밀

우주 법계에서 우리 마음은 마음에서 마음으로 언제나 통하게 되어있다. 내가 이곳에서 기도해도 천리 밖, 만리 밖에 떨어져 있는 사람의 마음을 치유할 수 있다는 말도 있다. 부모님이 아무리 멀리 떨어져 있어도 기도하고 축원하면 나을 수도 있다. 참된 치유사는 곁에 있는 환자만을 치유하는 것이 아니다. 바로 이 상온, 염력(念力)이라는 생각 에너지만으로 지구 반대편에 있는 환자를 치유로 이끈다는 보고도 있다.

생각 에너지, 상상의 에너지는 우리가 생각하는 것 이상으로 큰 힘을 가지고 있다.

그리고 그것은 뛰어난 수행자나, 영적인 존재들만이 할 수 있는 아주 특별한 능력은 아니다. 그저 우리의 평범한 마음속에 갖추어져 있는 능력이다. 능력이라기보다는, 허망한 오온이 허망한 세상을 만들어내는 원리다.

이 세상은 견고한 실체적인 물질 우주가 아니라, 텅 빈 가운데 인연따라 임시로 연기하여 꿈처럼 펼쳐지는 세계일 뿐이다. 마치 어젯밤 꿈과 같다. 꿈처럼 허망한 것이기에 거기에 집착할 것은 없다. 그렇기에 오히려 유희처럼 삶을 가지고 놀며 창조의 놀이를 가볍게 즐길 수 있는 것이다.

물론 오온이라는 임시적인 도구를 가지고 꿈같은 현실을 자유롭게 창조하는 놀이를 하되 한발 더 나아가 나와 세상이 꿈이며 비실체성임을 깨닫게 된다면 그것이 곧 궁극적인 길일 것이다. 불교의 궁극적인 목적은 바로 여기에 있다. 이 책에서는 방편으로 더 많은 사람이 현실에서 궁금해하는 것에 대해 설명하고 있지만, 궁극적으로 이 현실이라는 꿈에서 깨어나 완전 대자유의 길을 가는 생사 해탈의 길이야말로 최종적인 구경 열반이다. 그리고 그것은 물론 가능하다. 누구나 가능하고 모두에게 열려있다.

집착 없이 원할 때 이루어진다

세 번째는 행온인데, '행(行)'은 수, 상, 식 이외의 모든 마음의 작용을 총칭하는 것이다. 그중에서도 특히 의지, 욕구, 바람, 잠재적 형성력을 의미한다. 쉽게 말해 무엇인가를 바라는 마음 욕구이자, 어떤 행위의 원동력이 되는 의지 작용이 행온이다.

즉 무엇인가를 간절히 바랄 때 그것은 이루어진다.

이 행온은 아주 미묘한 것이다. 한때 유행처럼 '간절히 바라면 이루어진다'라는 말이 번져나갔다. 그러나 그 말에는 한 가지 빠진 수식어가 있다. '집착없이'라는 수식이 빠졌다.

더욱 정확히 말하면, 집착 없이 간절히 바라면 이루어

질 확률이 높아진다. 만약 집착하면서 간절히 원하게 된다면 그것은 오히려 이루어지기 어렵다. 왜냐하면, 보통 사람들이 간절히 원할 때는 그것을 이루고자 하는 집착과 욕망이 따라붙기 때문이다.

집착이 개입되면 오히려 이루어지지 않게 된다.

진급을 원했는데 낙선이 오는 이유

왜 그럴까? 예를 들어 '진급되기를'하고 간절히 원한다고 해보자. '진급 성취 발원'하며 기도를 한다. 그러나 진급을 원하는 마음이 너무 커서 집착이 붙게 되면 '진급하지 못하면 어쩌지?' 하는 불안과 두려움이 함께 커진다. 그렇게 되면 우리 마음속에 진급을 연습하는 것이 아니라, 진급 떨어지는 것에 대한 두려움을 연습하게 된다. 진급을 못할까봐 두려워하는 마음을 연습하게 되면, 우주는 계속해서 두려울 수밖에 없는 현실을 창조해 낼 것이다. 계속 두려워하기만 하면 진급에서 떨어진다. 그러니 진급에 대해 크게 집착하면 할수록 '진급에서 떨어지는 두려움'에 익숙해져서 결과적으로 진급에서 떨어지는 결과가 나올지 모른다.

그러나 집착없이 단순히 진급되기를 원한다면, 그것은 힘을 받을 것이다. 집착없이 원한다는 말은 결과에 대한 두려움에서 벗어난다는 것을 의미한다. 즉, 진급이 되어도 좋고, 안되어도 좋다는 마음의 여유로운 태도를 의미한다.

이런 마음은 결과로부터 자유롭게 된다.

그렇기에 두려움과 불안이 없게 되고 진급 낙방에 대한 마음보다는 진급 그 자체를 연습하게 된다. 이렇게 말하면, 혹자는 '집착 없이 원하면 이루어진다'라고 했으니, 집착하지 않으면서 원하겠다고 말한다. 그래서 집착을 내려놓는 '척'을 한다. 그러나 이 말 자체가 집착을 내려놓으면 이루어질 거라고 하는 또 다른 집착이다.

집착을 놓았는지 확인하는 방법

집착이 정말 놓아졌는지 아닌지를 살펴볼 수 있는 좋은 방법이 있다. 진급에 진짜 떨어지게 되더라도 괜찮은가, 하고 스스로 물어보는 것이다. 진급에 붙으면 좋겠지만 떨어져도 상관없을 정도가 되어야 진짜 집착을 놓았다고 할 수 있다.

그것은 완전한 내맡김이다.

이래도 좋고 저래도 좋다는 내맡김이며, 근원에서 언제나 우주 법계는 말 그대로 법계, 즉 진리의 세계로서 진리다운 삶을 나에게 보내주고 있으리라는 굳은 믿음이며 내맡김이다.

이것이 바로 불교계 거의 모든 종단의 소의 경전인 『금강경』의 핵심 사구게(四句偈)인 '응무소주이생기심(應無所住而生其心)' 즉, 집착하는 바 없이 그 마음을 내라는 가르침이다. 또한, 바가바드 기타의 카르마 요가에서 설명한 집착없이 행하라는 가르침이며, 노자의 무위자연, 무위행이기도 한 것이다. '집착없이 원하라'라는 가르침이야말로 인류의 수많은 성인이 말한 진리를 실천하는 핵심 가르침이다.

예를 들어 이렇게 마음을 낼 수는 있다.

"남들을 돕기 위해 부자가 되고 싶다."
"전역하고 나서 공무원 준비를 하겠다."

의도를 일으켜야지 평생 안 일으킬 수는 없다. 불교에서는 집착하지 말라고 가르치는 것이지 돈도 벌지 말고, 취직도 하지 말라는 것이 아니다. 당연히 마음을 다 내야 한다. 그러나 집착하지 않고 마음을 낼 수 있어야 한다. 욕망과 집착을 배제하고 원하고 의도하면 거기에 힘이 붙는다. 반대로 욕망과 집착이 개입되면 힘이 실리지 않는다. 남을 돕기 위해 부자가 되겠다고 마음을 내었지만, 행여 부자가 되지 않더라도 상관이 없어야 한다. 공무원 준비를 해서 시험을 보겠다고 했지만, 공무원 시험에서 떨어지더라도 상관이 없어야 한다.

그것 자체를 위해 최선을 다하지만, 결과에는 얽매이지 않게 되었을 때, 사실은 열정이 식는 것이 아니라, 편법이나 조급함이 사라진 자리에 깊은 현존이 드러나게 된다. 즉 미래에 집중하는 마음이 사라지고 현재에 더욱 충실해지게 된다.

오히려 집착 없이 실천하는 사람에게는 '순수한 열정'과 '창조적인 직관'이 생겨, 애쓰고 집착하는 사람은 도저히 상상하기 힘든 놀라운 도약과 창발, 혁신적 아이디어가 생겨나기도 한다. 집착이 없다는 것은 곧 '나', '아집'이 없다는 것이기 때문에, 나 없는 무아(無我)의 자리에서 나오는 본연의 진리와 합일하기 때문이다.

'의식'이 삶을 창조한다

다음으로는 식온(識蘊)이다. 식이란 구별, 분별, 인식, 식별 작용으로 어떤 대상에 대해 분별하여 아는 작용을 의미한다. 수상행이라는 세 가지 작용을 토대로 하여 종합적으로 분석하고 분별하고 인식하는 것이다. 느낌과 생각, 개념작용과 의지, 의도라는 마음작용을 토대로 종합적으로 대상을 식별하고 분별하는 것이다.

식온에 의하면 대상을 어떻게 분별하고 인식하느냐에 따라 우리의 삶이 창조된다. 엄밀히 말하면 창조된다기보다는 유식무경(唯識無境)이라는 말에서 보듯, 바깥의 대상은 없고 오직 인식이 있을 뿐이다. 외부 대상은 실체가 아니기에 자기 인식에 따라 상대적으로 드러날 뿐이다.

식온은 허망한 분별심이다. 이러한 식에 의해 이해된

대상을 유위법(有爲法)이라고 한다. 식의 분별이 사라진 상태에서 보이는 그대로의 대상을 무위법이라고 한다. 즉 식에 의해 걸러 대상을 보면 세상은 유위의 생사 고뇌가 반복되는 중생세간이 되며, 분별식을 놓아버린 채 세상을 보게 되면 불생불멸의 무위의 세계가 드러난다. 그렇기에 중생은 수상행과 함께 작용하는 이 식 때문에 자신의 세계를 어리석은 중생의 세간으로 창조한다. 깨달은 부처는 식을 놓아버린 채 있는 그대로를 보기 때문에 열반이 드러난다.

저마다 자신이 보고 느끼고 생각하고 의도하며 인식하는 세계는 다르다. 그렇기에 자신이 드러내는 세상도 다를 수밖에 없다.

같은 대상을 어떻게 분별하여 인식해 아는가에 따라 자신이 분별한 대로 삶은 만들어진다.

인식하는 대로 경험된다

두 사람이 같은 직장에 취직했다고 하자. 한 사람은 그 직장을 떠올렸을 때 사장과 직원 모두가 서로 진실한 관계를 유지하고 보람있는 행복한 직장이라고 인식한다. 다른 한 사람은 그와는 반대로 그곳이 나쁜 직장인 데다가 사장과 직원들도 형편없다고 인식한다. 전자의 인식, 식별 작용에 따라 전자의 사람은 그 직장에서 점점 더 행복과 평안을 경험하게 될 것이다. 반면에 후자의 방식대로 인식하게 된다면 그 직장 속에서 계속 부정적으로 인식하는 현실이 벌어지게 될 것이다. 점점 더 직장이 싫어지고, 형편없게 느껴지며, 사람들을 비뚤어진 시선으로 보게 될 것이고, 그렇게 보는 사람에게 직원들은 마음을 열고 다가설 수 없을 것이다.

이처럼 세상은 자신이 인식한 방식대로 더 많이 인식되

는 경험이 창조된다.

누군가가 내게 와서 '스님께서는 사람을 너무 믿는 경향이 있다. 그러다가 발등 찍힌다. 모든 사람은 착한 것 같다가도 자기 이익과 관련되면 상대에게 어떤 짓도 한다. 그게 사람들 심리다. 스님이라고 별수 있을 것 같은가. 조심해라.' 하는 투의 조언을 해 주었다.

나는 그분에게 말했다. '당신처럼 사람을 못 믿게 되면, 믿을 만한 사람을 만날지라도 그 사람이 당신의 마음을 읽고는 당신 앞에서 못 믿을 짓을 하게 된다. 그러나 당신이 마음을 활짝 열고 다가가 상대방을 진실하게 믿어주면 그 사람이 설사 나쁜 사람이었다 할지라도 당신 앞에서만은 진실한 사람으로 바뀌게 된다. 내가 어떻게 하느냐에 따라 상대방이 어떤 존재로 인식될 것인지 결정되는 것이지 상대방에 따라 내가 결정되는 것이 아니다. 내가 먼저 닫으면 나에게로 오는 모든 이가 마음을 닫지만, 내가 먼저 열면 나에게로 오는 모든 이가 마음을 열게 된다'고.

만약 여러분이 상대방을, 사람을 믿지 못하고 의심하게

된다면, 점점 더 내 삶에는 의심할 만한 사람이 등장하게 될 것이다. 믿지 못할 사람, 진실하지 못한 사람들이 자꾸만 내 삶에 나타나게 될 것이다. 그러면서 점점 더 내 안에 '사람은 믿을 게 못된다'라는 인식은 증명될 것이다. 그러나 타인에 대한 나의 인식과 분별이 긍정적이고 진실하다면 그 사람 앞에는 점점 더 좋은 사람, 긍정적이며, 믿을 만하고 아름다운 사람이 나타나게 될 것이다. 내가 먼저 타인을 긍정적이고 진실하게 인식하니 자신을 좋게 봐주는 사람 앞에서 타인도 좋은 사람이 될 수밖에 없다.

모든 것이 이와 같다. 내가 마음을 열고 세상 사람들을 아름답고 진실하며 한 사람의 부처님으로 인식하게 된다면 점점 더 많은 사람이 나에게 진실하고 아름다운 존재로 경험될 것이다.

세상을 바라보는 필터가 어떠냐에 따라 자신의 필터대로 세상은 내게 와 규정된다. 내가 세상을 규정하는 대로 세상은 규정되고, 그 인식과 규정을 점점 더 뒷받침하고 증명해 주는 방식으로 우리의 삶은 창조된다.

현실은 곧 마음의 투사

배운 것을 종합해 보자. 수상행식이라는 마음작용을 어떻게 쓰느냐에 따라 우리의 미래가 결정된다. 만법유식(萬法唯識), 유식무경(唯識無境)이라는 말처럼, 이 세상은 오직 자기의 식의 드러남일 뿐이다.

여러분이 마음에서 일으키지 않은 것은 현실에서 창조되지 않는다. 평생 내 곁에 있던 것들일지라도 내가 그것을 보지 않고 살았다면, 그것은 내게 없는 것이다. 내면에 있지 않은 것은 외부로 드러날 수 없다.

'누가 나를 괴롭혔기 때문에 복수했다'라고 하겠지만 그 또한 상대방의 잘못만은 아니다. 내 마음 가운데 그 사람을 끌어당긴 어떤 요소가 있어서 그 사람이 온 것이다. '어떤 괴로운 상황이 벌어졌다'라고 할 때도 그 또한 내 마음이 수상행식이라는 어떤 잠재적인 요소로 그 상황을 끌어당겼기 때문에 생긴 것이다. 내가 업을 짓지 않고서는 돌아오는 과보가 있을 수 없다.

현실은 언제나 내 마음의 투영이다.

아무리 좋지 않은 일이 벌어졌다고 할지라도, 혹은 아무리 외부적인 문제가 나를 뒤덮어 괴롭혔다고 할지라도 사실은 그것은 외부에서 온 것이 아니다. 내부와 외부라는 것 자체가 하나의 분별일 뿐이다. 그것은 둘이 아니다. 언제나 마음에 있는 것이 외부의 현실 세계로 나타난다.

마음을 관찰해야 하는 이유

수상행식이라는 마음의 요소들이 어떻게 벌어지고 있는지, 어떻게 일어나고 어떻게 사라지는지를 우리는 낱낱이 다 살펴보고 살지 않기 때문에 생각지 못한 현실 세계를 보고 당황스러워할 뿐이다. '내가 만들지 않은 현실이 어떻게 나타날 수 있지'라고 하겠지만, 사실 그 모든 것을 내가 만들었지만, 그 과정을 우리는 지켜보지 못하고 다 놓치고 살고 있다.

상온이라는 생각의 작용만 놓고 보더라도 우리 머릿속에서는 하루에 6만 가지 정도의 생각이 일어난다고 하는데, 우리는 그중에 몇 가지의 생각을 뚜렷이 관찰하고 있는가? 우리는 생각 대부분을 놓치고 살아간다. 느낌도 놓치고, 의도와 욕구도 놓치며, 대상들이 내게 와서 어떻게 인식되는지도 아는 바가 없다. 그저 습관적으로 수상행이라는 요소로 들어온 것들을 인식, 분별함으로써 허망하게 유위의 세계에 사로잡히고 마는 것이다.

일체 모든 것은 내 마음이 만들었다는 사실을 받아들이자. 그 누구도 원망할 필요는 없다.

그 모든 것은 내 안의 수상행식이 만들어 낼 뿐이다. 그 사실을 깨닫는다면 우리는 우리의 삶 그 자체를 결코 원망하거나, 누구를 탓하지 않고 온전히 자신의 삶을 받아들이게 될 것이다. 그리고 앞으로는 수상행식이 내 삶을 얼마나 허망하게 만들고 있는지 관찰해야 할 필요성을 깨닫게 될 것이다.

책임감 있게 마음 쓰기

지금껏 무엇을 느끼면서 살았는지, 무엇을 생각했는지, 무엇을 바랐는지, 어떻게 분별하고 인식했는지를 한번 점검해 보자. 저녁에 잠들기 전에 온종일 무엇을 느끼고, 생각하고, 바라며, 분별했는지를 되짚어 본다면 앞으로 내 삶은 어떻게 창조될지 진단해 볼 수 있다. 매 순간순간 마음으로 일으키는 것은 삶을 창조하는 행위이다. 미래를 만들어가는 행위이다. 그러니까 책임감이 있어야 한다.

마음을 쓸 때는 책임감을 느껴야 한다.

지금 쓰는 마음이 분명한 결과를 가져온다고 생각하면 책임감 없이 마음을 쓰게 되는 일은 없을 것이다. 불행을 습관적으로 느끼고 있다면, 그것은 스스로 앞으로 올 불행을 끌어당기는 연습임을 알아야 한다. 불행한데 어떻게 불행을 안 느끼느냐고 하겠지만, 삶의 모든 것은 양면성이 있어서 단점도 있지만 동시에 장점도 반드시 있다. 그런데도 불행한 사람들은 늘 부정적인 부분에 초점을 맞추는 습관이 있다. 불행한 한 가운데에서도 분명 그것의 장점을 발견할 수 있다.

양면성이 있다고 했지만, 근원에서 본다면 일체 모든 것은 중립적이다. 좋거나 나쁜 것이 아니다. 다만 나 스스로 좋거나 나쁘다는 생각을 덧씌운 것일 뿐이다. 연봉 5천을 받다가 4천을 받게 되면 물론 괴롭겠지만, 그 괴로움은 5천 받을 때와 비교했기 때문이 아닌가. 혹은 남들과 비교했기 때문이 아닌가. 아프리카, 인도 사람들과 비교한다면, 혹은 연봉 3천만 원을 받는 사람과 비교한다면 나는 풍요로울 것이다.

이 말은 나보다 못한 사람과 비교하라는 말이 아니라, 이처럼 '비교'는 허망하다는 뜻이다. 비교에서 오는 분별에 끌려가지 않는다면, 현실은 늘 있는 이대로일 뿐이다. 좋거나 나쁜 것이 아니다. 현실이 괴로운 이유는 이 있는 그대로인 삶에 대해 나 스스로 비교 분별했기 때문이다. 좋은 것은 더 가지고 싶은데 못 가져 괴롭고, 싫은 것은 없애고 싶은데 안 없어지니 괴로운 것이다.

그러니 지혜로운 삶은 단순하다. 그저 삶을 있는 그대로 보면 된다. 다만 분별해서 보아야 한다면, 싫은 것을 보고 느끼기보다, 좋은 것을 보고 느끼면 된다.

초기 경전에 사념처(四念處)라는, 마음을 깨어있게 하는 네 가지 수행법이 있다. 신념처(身念處), 수념처(受念處), 심념처(心念處), 법념처(法念處)가 있는데, 이는 몸, 느낌, 마음, 법을 관찰하라는 것이다. 여기에도 느낌과 마음에 대한 관찰이 중요하게 제시되어 있듯이, 느낌과 마음을 온전히 관찰하지 않으면 자신이 무엇을 창조하는지를 깨닫지 못한다. 그저 무의식적으로 허망하게 분별없이 창조하게 되는 결과를 초래할 뿐이다.

창조된 모든 것은 허망하다

기분이 나쁘면 그 나쁜 느낌을 관찰하고, 기분이 좋으면 그 느낌을 그저 관찰해 보라. 좋고 나쁜 느낌이라는 해석이 일어나기 전에 해석을 빼고 그저 그 느낌과 함께 있어 보는 것이다. 말하자면 판단 분별을 뺀 맨 느낌으로 있는 것이다. 마음에서 수상행식 중 어떤 요소가 일어나든지 그것이 일어나고 있음을 분명하게 관찰하자. 생각이 일어나고, 느낌이 일어나며, 바람이나 의도가 일어나고, 분별과 인식이 일어날 때 바로 그것을 관찰하자.

어차피 분별해야 할 것이라면 좋은 생각, 좋은 느낌, 좋은 의도, 좋은 의식을 쓰게 될 때 좋은 삶이 펼쳐질 것이다. 그러나 그보다 더 근원적인 것은, 분별하되 분별에 끌려가지 않는 것이다. 이것이 분별하되 분별함이 없는 것이다. 분별하지 않고 있는 그대로 본다는 것, 관찰한다, 통찰한다, 깨어있다, 명상, 사념처, 위빠사나가 바로 이것이다.

마음을 관찰한다는 것은 창조하는 차원을 넘어선다. 느낌 생각을 관찰하는 것은 인간으로서의 의지를 넘어 법계의 창조에 나를 내맡기는 것이다. 우주 법계가 나를 이끌고 가도록 내맡기는 것이다. 그렇게 되면 항상 진리와 하나가 된 삶이 펼쳐지게 된다. 내 뜻대로 사는 것이 아니라, 진리의 뜻대로 살려지도록 허락하는 것이다. 이것이야말로 진정한 지혜의 골수다. 여기에는 아상이 없다.

사실 방편으로 수상행식으로 삶을 창조한다고 했지만, 그렇게 창조된 세상 또한 허망한 것이다. 『반야심경』에서는 색수상행식이라는 오온이 모두 공(空)하다고 말하고 있다. 그것은 실체적인 어떤 것이 아니다. 다만 수상행식을 어떻게 쓰느냐에 따라 나타났다가 사라지게 될 뿐이다. 이것이 바로 인연생기(因緣生起) 즉 연기(緣起)라고 부르는 것이다.

인연에 따라 생겨난 것은 인연을 다하면 흩어질 뿐이다. 그것은 실체가 아닌 허망한 것이다. 수상행의 도움을 받아 식온이 세상과 대상을 분별하지만, 그 분별 자체가 허망한 것이다. 그래서 불교에서는 언제나 분별을 놓아라, 분별하지 말라고 설법하고 있다.

수상행식이라는 마음으로 세상을 창조할 수도 있겠지만, 그 또한 허망한 것이고 실체가 없는 것이라면, 왜 애써 집착해 원하는 대로 삶을 창조해야 할까? 주어진 삶의 조건이라 할 수 있는 우주 법계의 뜻에 따르며 깨달음의 여정에 스스로 완전히 내맡기고 살아가는 편이 나의 근원과 맞닿는 길이다.

공한 가운데 마음껏 창조를 즐겨라

수상행식으로 삶을 창조하되 그 창조의 작업 또한 모두 공한 것이라는 자각이 있다면, 무엇이든 창조하면서도 창조에 얽매이지 않은 채로 자유로운 삶을 살 수 있을 것이다. 열정적으로 원하는 것을 이루기 위해 노력하겠지만, 집착은 없을 것이다. 원하는 대로 되어도 좋고, 원하는 대로 되지 않아도 좋은, 삶 자체가 하나의 흥미롭고도 놀라운 하나의 연극처럼 가벼워질 것이다.

삶에 무게감이 사라지고, 평안하면서도 고요하며, 경쾌하면서도 자유로운 삶이 우리 앞에 드러나게 될 것이다.

필요하다면 수상행식을 이용해 지혜롭게 원하는 것을 창조하여, 이 우주 법계를 위해 이웃과 수많은 중생을 위해 사용하라. 그러나 그 모든 창조의 작업 또한 공하다는 사실을 깨닫게 된다면, 그 모든 창조작업에 집착하지는 않을 것이다.

창조가 되면 되는대로 좋고 안 되면 안 되는 대로 좋을 수 있는 참된 자유로움이 내면에 나타나게 될 것이다.

제5장

업, 운명을 뛰어넘어라

업보와 황금률, 균형과 유인력의 법칙

우리가 잘 아는 불교의 가르침 가운데 업(業)에 대한 가르침이 있다. 이러한 업보(業報)에 대한 가르침은 불교에만 있는 새로운 교리가 아니다. 우주 법계는 어떻게 운행이 되고 있는가에 대한 아주 기본적이고 평등한 보편적인 법칙이다. 『시크릿』에서도 '끌어당김의 법칙', '유인력의 법칙'이라고 하여 이러한 이치를 언급하고 있으며, 영화 아바타에서도 '신은 누구의 편을 드는 것이 아니라 다만 균형을 잡을 뿐'이라고 말하고 있고, 성경에도 '뿌린 대로 거두리라', '남에게 대접받고자 하는 대로 너희도 남을 대접하라'라는 황금률의 법칙을 말하고 있다.

우주의 모든 에너지에는 균형 감각이 있다. 일체 그 어떤 것도 조화와 균형에 어긋나지 않도록 이 우주 법계는 평등하게 운행되고 있다.

겉으로 보기에 세상은 참 불공평해 보인다. 어떤 사람은 돈도 많고, 공부도 잘하고, 외모까지 준수하다. 그런데 어떤 사람은 가난하고, 능력도 없으며 인물도 못났다. 또 어떤 사람은 나쁜 짓을 많이 했는데도 잘사는가 하면, 어떤 사람은 최선을 다해서 정직하고 성실하게 사는데도 빈곤에 시달리곤 한다. 그래서 어떤 사람은 '착하고 정직하게 살면 안 된다'라고 말하기도 한다. 주변을 둘러보면서 "왜 세상은 이렇게 불공평한가?" 하면서 원망하기 쉽다.

과연 세상이 불공평하기만 할까? 겉으로 보기에는 그럴 수 있다. 하지만 눈으로는 보이지 않는 업(業)의 깊은 차원까지 볼 수 있는 지혜의 눈이 있다면 그 어떤 것도 균형과 평등에 어긋나는 것은 없다.

우연히 일어나는 일은 없다. 불평등하게 일어나는 일은 없다. 일어나지 말아야 할 일이 일어나는 일은 없다. 모두 인연에 따라 조화롭고도 균형 잡힌 일들이 일어나야 할 바로 그때 일어나고 있을 뿐이다. 다만 우리의 시선으로 보았을 때는 불공평한 일이 일어나는 것처럼 보일 수는 있다.

만약 언젠가 우리에게 부처님처럼 온전한 지혜가 생겨난다면 그 모든 것들이 온전한 것이었으며, 꼭 필요한 것이었고, 균형 잡힌 일이었음을 깨닫게 될 것이다.

천만 원을 사기 친 결과

부처님 생전에도 겉으로는 불평등하고 황당하게 보이는 일들이 많이 일어났다. 그럴 때마다 부처님께서는 방편으로 우리 눈으로는 볼 수 없는 과거 전생의 인연을 설해 주심으로써 왜 현재 그런 일이 일어나게 되어있는지를 밝혀 주셨다. 그리고 이 업이라는 것은 '평등의 가르침이며, 조화와 균형의 가르침'임을 말씀하셨다.

예를 들어 내가 A에게 1,000만 원을 사기를 쳤다고 생각해 보자. 그런데 나에게는 권력이 있어 A를 꼼짝 못 하게 할 수 있다. A 입장에서는 얼마나 답답하겠는가? 말도 한마디 못하고 속병을 앓다가 이번 생이 끝나고 말았다. 이것을 보았을 때 세상에 정의는 없어 보인다. 정의로운 관점에서, 평등의 관점에서 봤을 때, 이 두 사람 사이의 평등에너지는 깨져버렸다. 나는 1,000만 원이 플러스 됐고, A는

1,000만 원이 마이너스가 됐는데 그대로 둘 다 세상을 떠나면 모든 것이 끝난 것처럼 보인다. 그러나 인연과 업의 관점에서 보면 그냥 끝나는 것은 없다.

내가 A의 돈을 빌려놓고 갚지 않았다면 A에게 그 돈을 갚든, 그 금액만큼의 일을 해주든 반드시 평등하게 그 에너지 균형이 이루어질 때까지 윤회해서 끊임없이 만날 수밖에 없다. 이게 이 몸이라는 유위법의 껍데기가 운행되는 법칙이다. 사실 출세간인 근원에서는 윤회랄 것이 없지만, 이 중생세간에서는 윤회가 있는 것이다.

또한, 내가 이번 생에 A돈 1,000만 원을 사기 쳐 가져갔다고 해서 미래나 다음 생에 A에게 1,000만 원을 갚는 방식으로만 해결되는 것은 아니다. B라는 업을 졌다고 해서 B라는 과보를 무조건 기계적으로만 받는 것은 아닐 수도 있다. 그 이후에 어떤 업을 지었는지 등 자신의 인연에 따라 다르게 받을 수도 있다. 업의 관점에서 보면 조금 더 복잡한 계산이 있는데, 그것은 뒤에서 살펴보도록 하자. 결론적으로 인과응보, 업의 결과는 반드시 받게 되어있으므로 업보의 관점에서 본다면, 균형의 관점에서 본다면 불평등은 없다.

인생에 기쁨이 찾아오고, 고통도 찾아오고, 사랑하는 사람을 만나고, 증오하는 사람도 만나며 윤회하는 것도 모두 우주 법계가 업의 평등을 이루기 위한 작용이다. 우주 법계에는 아무런 차별심, 분별심이 없다. 단지 업이 불공평, 불평등해졌을 때 균형을 맞추기 위해 작용할 뿐이다. 따라서 이 세상에 불평등이란 사실은 근원적으로 보면 존재하지 않는다. 다만 사람들의 눈에 불평등한 것처럼 보이는 일들이 있을 뿐이다.

아버지를 죽인 원수, 복수하고 말 테다!

어떤 사람이 자꾸 나를 화나게 한다. 참고 참다가 울화가 치밀어 올라 내가 저 사람을 어떻게 하지 않고서는 못 견딜 것 같다. 이때 사람들은 내 손으로 반드시 복수해야 공평하다고 생각한다. 그래서 영화를 보면 꼭 아버지의 원수를 갚기 위해 아들이 무술을 연마하여 우여곡절 끝에 원수를 죽이는 것으로 결론을 맺는다. 이것을 우리는 해피엔딩이라고 일컫는다. 이것이 보통 우리가 생각하는 통쾌하고 즐거운 결말이다. 평생 원수를 갚기 위해 '정의로운 증오심'을 불태우며 불같은 마음으로 무슨 일이든 한다. 이처럼 원수를 똑같이 갚아 주는 것이야말로 정의가 승리하는 멋진 장면이라고 생각한다.

물론 이 생각이 잘못된 것이라고 할 수는 없겠으나, 평생 원한과 증오심을 품으며 산다는 것은 상대방이 아닌 나 자신을 괴롭히는 일일 뿐이다. 아버지 원수를 갚겠다고 20년, 30년 동안이나 마음속에 원한을 품고 있었다고 생각해 보자. 얼마나 원한으로 사무쳐있겠는가. 그 마음은 자신의 온몸의 세포를 파괴하며 결국 자신을 죽게 하는 것과 다르지 않다.

얼마 전 인기를 끌었던 '더 글로리'라는 드라마에서도 주인공인 문동은은 학창 시절 학교 폭력에 대한 증오심을 갚아 주고자 자신의 인생을 갈아 넣었다. 문동은이란 이름보다 '연진아~'라는 대사가 여운이 남는 것을 보면, 우리는 성장한 연진이가 두려워 떠는 모습에 복수의 통쾌함을 맛본다. 동은이의 인생 원동력은 복수심이었지만, 만약 삶의 동력이 복수와 증오가 아닌 '사랑'과 '나눔' 같은 아름다운 것이었다면 어땠을까?

사실 우리는 원수를 갚을 필요가 없다.

세상의 이치로 봤을 때 원수는 무조건 갚아야 할 것 같다. '눈에는 눈, 이에는 이'로 복수해야 할 것 같지만 사실 그럴 필요가 없다. 무려 기원전 1700년 전에도 함무라비

법전에서 '눈을 멀게 하면 제 눈도 멀게 하라', '이를 부러뜨리면 제 이를 부러뜨리라'라는 말이 나오지만, 그 오래된 고전은 그 시대에 어쩔 수 없이 필요했던 것일 뿐이다.

불교에서는 대신 '놓아버려라, 용서하라'라고 말한다. 내가 굳이 손에 피를 묻힐 필요가 없다. 우주 법계가 더 확실하게 해주기 때문이다. 우주 법계는 업의 불균형을 그냥 두고 보지 않는다.

영화 속 주인공은 평생을 갈고닦은 실력으로 아버지의 원수를 결국 찾아 복수했다. 그런데 마침 원수를 죽이는 장면을 원수의 아들이 보게 되었다. 그러면 그 아들은 또다시 평생 무술 실력을 갈고닦아서 그를 또 찾아올 것이다. 이렇게 서로 죽고 죽이는 무한한 반복, 이것이 바로 윤회다.

원한을 품다가 복수를 하면 상대는 또 다른 원한을 품게 된다. 그러면 업이 쌓여 끊으려야 끊을 수 없는 쳇바퀴 돌듯 끊임없이 돌고 도는 상황에 놓이게 될 뿐이다.

지혜롭게 복수하는 방법

그래서 지혜롭게 원수를 갚으려 한다면 상대를 용서하고 마음을 비우는 방법을 택해야 한다. 에너지 불균형이 마음에 없어야 한다는 것이다. 내 마음이 균형 잡히지 못하게 되면, 바로 그 원한과 증오심이라는 필터로 모든 것을 걸러서 바라보게 되고, 그런 왜곡되고 제한된 시선에서 다른 것은 보이지 않는다.

세상의 아름다운 부분, 증오심 뒤편에 있는 인간 근원의 대자대비한 마음, 원수를 갚기 위해 내달리는 삶이 아닌 자기 자신의 성장과 깨달음을 위해 삶을 살아나갈 수 있는 마음은 그저 불타는 복수심 하나로 인해 다 사라지고 만다. 그런 사람의 삶은 오직 한 가지 복수심에만 사로잡힌 채 얼마나 갇혀서 꽉 막혀 있겠는가.

그것은 정의로운 것이 아니며, 진정한 복수도 되지 못한다. 그것은 오히려 복수해야 할 상대방에게 나의 힘을 넘겨주는 것일 뿐이다. 그 복수해야 할 대상에게 힘을 부여해주는 것일 뿐이다. 인생 전체가 복수심에 불타는 비좁은 의식의 감옥에 갇힌 채 한 생을 허비해 버린 것 아닌가. 이것은 또 다른 방식으로 상대방의 노예가 되는 것이다. 복수할 상대방에게 힘을 부여한 채 나는 그의 하수인으로 전락하는 것이다. 이토록 어리석은 것이 바로 복수다.

인과의 이치에 따르면 우주 법계에 맡기면 된다. 그렇게 맡겨버렸을 때 우주에서는 더 분명하고도 명확하게 복수를 해 줄 것이다. 돈을 빼앗고 사기를 치는 나쁜 사람이 있다. 그러면 우주 법계는 그 사람을 가만히 놔두지 않는다. 이번 생에 당하지 않는다면 다음 생, 그 다음 생에 가서라도 언제가 되었든 그 결과를 반드시 인과응보로 받게 만들어 버린다.

우리는 복수를 하겠다고 칼을 갈고 무술을 배우며, 온갖 방법과 계략으로 그를 죽일 방법을 모색하는데 한평생을 보내지만, 복수하려고 찾아갔을 때 이미 그는 너무 늙어

버렸거나 이미 죽어 버렸을지도 모른다. 우리의 복수는 이 생에 못 끝내면 끝이지만, 우주 법계의 인과응보 복수는 다음 생, 그다음 생이 아니라 무한한 억겁 이후라도 끝까지 달려가 균형을 바로잡아 주는 것이다. 내가 복수하는 것보다 훨씬 효율적이고 합리적이지 않은가. 더욱이 힘이 들지 않는다.

나는 그저 내 길을 가면 된다.

그런데 우리는 내가 원한을 당장 갚겠다는 마음을 가짐으로써 끊임없는 윤회의 수레바퀴 속에 갇히는 일을 계속해서 만들어낸다. 이는 분명히 잘못된 선택이다. 이 정의롭고도, 균형 잡혀있는, 무한한 자비와 지혜의 원천인 우주 법계에서 알아서 인과응보의 복수를 해주는데 왜 애써 내 손에 피를 묻힘으로써 나 자신을 파괴해야 한단 말인가?

복수는 끊임없는 복수를 낳고, 용서는 더 많은 용서를 가져오는 법이다.

행복도 좋고, 불행도 좋은 이유

업의 이치에 따라서 우주 법계는 항상 균형 있게 작용하게 되어있다. 업의 또 다른 측면으로 본다면, 누군가에게 욕을 얻어먹었거나, 괴롭힘을 당했다는 것은 또 다른 차원에서 업의 균형을 잡기 위해 당하는 일일 수도 있다.

『금강경』에 이런 이야기가 나온다. 수행하면서 『금강경』 독송을 열심히 하는데도 불구하고 누가 나한테 욕을 하고 괴롭힌다는 것이다. 그러면 이렇게 생각할 수 있다. '나는 경전 독송도 열심히 하고 기도도 열심히 하는데, 왜 항상 안 좋은 일만 일어나지?'하고 말이다. 그러나 이는 괴로워할 일이 아니라는 것이다. 사실 전생에 지옥에 갈만한 큰 악업을 지었지만, 『금강경』 독송과 기도 수행으로 인해 많은 업이 녹아내렸기 때문에 그 큰 업을 받지 않는 대신 남에게 업신여김을 당하는 정도의 가벼운 과보로 끝나는 것일 수 있다.

이처럼 아주 큰 업도 수행을 통해서 녹일 수 있는 것이다. 그래서 나쁜 일이 일어났다거나, 누군가가 나를 업신여기고 괴롭힌다고 해서 슬퍼할 필요가 없다. '내가 다음 생이 지옥행인데, 이 일로 그 지옥 갈 일을 상쇄했구나' 이렇게 생각할 수 있다.

업의 관점에서 본다면 좋은 일이 생기는 것은 그저 선업 지었던 것을 받는 것일 뿐이다. 나쁜 일이 생기는 것은 악업 지었던 것을 받는 것이고, 곧 악업이 소멸하는 것일 뿐이니까 그 또한 좋은 일이다. 좋은 일이든 나쁜 일이든 삶을 받아들이지 않을 이유가 없지 않은가. 우리는 좋은 일이 생기면 좋아하고, 더 많은 좋은 일이 일어나기를 바라지만 사실 좋은 일이 일어난다는 것은 이미 지어 놓은 선업을 받는 것이기 때문에, 선업이 줄어드는 결과를 초래한다. 그렇기에 좋은 일이 생긴다면 사실은 좋아할 일이 아니라, '선업이 줄어들었으니 더 많은 선업을 지어야겠구나'하고 생각을 돌릴 수 있어야 한다.

반대로 나쁜 일이 생기고, 역경과 괴로운 일이 생길 때는 이미 지어 놓은 악업을 받는 일이다. 악업을 받는 것이니 그것을 받아들여 수용할 때 그 악업은 재빨리 녹아내리게 된다. 수용의 힘이 바로 업장 소멸의 힘을 결정짓는다. 그러니 지혜로운 이는 역경과 괴로운 일, 나쁜 일이 생길 때가 오히려 즐겁고 고마울 때인 줄 안다. 그것이 바로 업장 소멸이기 때문이다. 어떤 큰스님께서는 크게 다쳐 피가 철철 나고 있는데 제자들이 뛰어와 걱정하며 부축했더니, 툭툭 털고 일어나시면서 "아, 시원하다. 업장이 녹는구나"라고 하셨다고 한다.

이와 같은 이치를 바로 안다면 좋은 것은 좋은 것대로 받아들이고 괴로운 일은 괴로운 일대로 받아들일 수 있다. 좋은 일은 선업이 줄어드는 것이지만 현재가 좋고, 괴로운 일은 악업이 녹는 것이기에 근원에서 좋다. 그야말로 이래도 좋고 저래도 좋은 탁 트여 자유로운 걸림 없는 대장부의 삶이 펼쳐지게 되는 것이다.

악한 자가 복을 받고,
선한 자가 괴로운 경우

『법구경』에서는 이렇게 이야기한다.

'악행의 열매가 익기 전에는 악한 자도 행복을 누릴 수 있다. 그러나 악행의 열매가 익을 때 그는 큰 괴로움을 받는다.'

그러니까 나쁜 짓을 많이 한 사람도 어느 순간까지는 잘 살 수 있다. 그러나 그것은 악업을 받을 때가 아직 되지 않은 경우다. 그 즐거움은 단지 악업을 받기 전까지일 뿐이다.

반대의 경우도 있다.

'선행의 열매가 익기 전에는 선한 자도 고통을 겪을 수

있다. 그러나 선행의 열매가 익을 때 그는 큰 행복을 누린다.'

좋은 일도 많이 하고, 수행도 보시도 열심히 했지만, 아직 때가 되지 않아 과보를 받지 않고 있을 수도 있다. 요즘 '착한 사람이 손해 보는 세상'이라고들 하는데, 사실 우주 법계의 이치와는 맞지 않은 이야기다. 눈으로 겉모습만 보았을 때 그런 것일 뿐이다.

악행을 저질렀는데 당장에 괴로움을 받지 않고 계속해서 승승장구하는 사람이 있다면, 그런 경우는 악행의 과보가 늦게 오는 경우일 것이다. 수행이 덜 되고, 지혜의 수준이 낮은 사람일수록 업과 그 과보 사이에 간격은 더욱 길어진다는 말이 있다. 지혜로운 사람일수록 업과 과보의 사이는 짧다. 왜 그럴까? 사실 근원에서 본다면 시간은 무의미하다.

시간은 어디까지나 환영이며, 환상일 뿐이다. 인간의 개념에서만 시간이 필요할 뿐이지, 더 높은 차원에서 본다면 시간은 없다. 그 말은 곧 원인 속에 이미 결과가 내포되어 있으며, 원인과 동시에 결과가 일어나고 있음을 의미한다. 근원에서 본다면 모든 행위는 동시에 결과를 품고 있다. 다만 근원과 멀어져 있고, 시간의 개념에 많이 갇혀 있는 사람일수록 업을 짓고 받는 사이에 많은 시간이 필요하다.

예를 들어 지혜로운 스승들은 마음을 일으켰는데, 뒤돌아서면서 그 원력이 이루어지는 것을 경험한다고 한다. 동체 대비의 마음으로 일체중생을 위해 어떤 복지재단을 계획하고자 원력을 세웠다. 그런데 그 계획과 서원을 일으킴과 동시에 누구에게 아직 알린 것도 아닌데도 불구하고, 도움을 주겠다는 누군가가 나타나기도 한다.

그러니 악행을 했는데도 즐거움을 받는 사람을 보며 불공평하다고 할 필요는 없다. 그에게 그 과보가 일어나려면 시간이라는 환상이 조금 더 많이 필요한 것일 뿐이다. 반면에 착한 사람이 어쩌다 한 번 악행을 하게 되면 금방 그 과보가 나타난다. 그런 것을 보고 우리는 세상이 불공평하다고 한다. 그러나 그것은 그 착한 사람을 돕기 위한 우주 법계의 배려이며, 또한 그 사람이 그만큼 진리와 가깝고, 시간이라는 환상에 덜 얽매이고 있다는 증거이기도 하다.

악행의 과보를 빨리 받게 되면 마음속으로 깜짝 놀라면서 '악행을 하면 이렇게 과보를 분명히 받는 것이구나'하고 금방 깨닫게 된다. 그러면 더는 악업을 짓지 않게 된다. 그러나 악행을 해도 과보가 늦게 나타나거나 나타나지 않으면 그 사람은 '악행을 해도 별 탈 없구나' 싶어 계속해서 악행을 저지르게 된다.

이처럼 우주 법계도 악행을 하는 자보다는 선행을 하는 자를 먼저 돕는다. 물론 이 또한 우주 법계의 일이라기보다는 스스로 시간의 환상을 즐기는 것이기에 스스로 만들어 내는 것일 뿐이다.

우주는 업을 저축하는 은행, 이자의 법칙

또 한 가지 알아두어야 할 점은, 업은 늦게 받으면 늦게 받을수록 그 과보가 더욱더 커진다는 점이다. 은행 계좌를 생각해 보면 빠르다. 은행에 돈을 저축하고 시간이 많이 흐르면 흐를수록 거기에는 이자가 붙는다. 마찬가지로 우주 법계라는 은행에 우리는 행위로써 저축한다. 신구의 삼업, 즉 몸과 말과 생각으로 한 행위는 고스란히 우주 법계에 저장이 되고 저축이 된다. 심지어 스쳐 지나가는 단 하나의 생각조차도 우주 법계라는 은행에는 분명하게 저축이 된다. 일반적으로는 시간이 흐르면 흐를수록 이자가 늘어난다.

선행하고 그 선행에 있어 상을 내지 않고, 복을 바라지 않고, 칭찬을 바라지 않고 놓아두게 되면 그것이 오랜 세월 후에 세상에 알려질 때는 더욱 큰 칭찬과 찬탄으로 이어진다. 그러나 선행을 하고 나서 바로 세상에 알리게 되면 작은 칭찬으로 끝날 것이다. 그렇기에 선행은 실천하고 나서 잊어버리는 것이 가장 좋다. 잊어버려서 당장에 꺼내 쓰지 않고 우주 법계라는 은행에 저축해 두게 되면 훗날 시간이 흐른 뒤에 더 많은 이자와 함께 더 많은 선의 과보를 받게 되고, 복락을 누리게 될 것이다.

그러나 억지로 늦게 받으려고 애쓸 필요는 없다. 우주 법계라는 은행은 언제나 내가 받아야 할 가장 필요한 시점에, 즉 내가 그 선의 과보를 받음으로써 지혜를 깨닫기 가장 쉬운 시점에 그 과보를 보내주기 때문이다.

반면에 악행을 한 것은 될 수 있는 한 빨리 받는 것이 좋다. 보통은 악행을 한 과보는 괴로움이기 쉽다 보니, 악행의 과보를 받기 싫어하는 경향이 있다. 괴로운 일이 생겼을 때 우리는 그것을 받아들이지 못한 채, 회피하려 하거나 덮어두려고 애쓴다. 그러나 괴로운 일일수록, 악업의 과보일수록 더 빨리 받는 것이 좋다. 늦어지면 그만큼 더욱 이자까지 불어나 커지기 때문이다. 옛말에 '매도 먼저 맞는 게 낫다'라는 말이 있는데, 그야말로 매일수록 먼저 맞는 것이 낫다.

그렇다고 이 또한 억지로 빨리 받고자 할 것도 없고, 그럴 수도 없다. 그저 법계의 인연법은 알아서 그 과보를 받기 가장 좋은 때를 당신 눈 앞에 등장시킬 것이고, 바로 그때가 내가 그 과보를 받아야 할 때인 것이다. 즉, 무엇이든 바로 지금 일어나는 일이야말로 가장 진리답고 시절 인연에 딱 맞는 것이니, 다가오는 무엇이든 있는 그대로 허용하고 받아들이는 자세가 좋다.

힘든 일, 괴로운 일이 올 때 그것을 바꾸려고 하지도 말라는 뜻은 아니다. 싫은 것은 받기 싫으니 받지 않을 수 있도록 노력하는 것은 너무나도 자연스럽다. 그 또한 자연스러운 도(道)다. 그러니 받기 싫은 것은 안 받을 수 있도록 최선의 노력을 다하는 것이 좋다.

다만 누군가에게 피해를 주지 않는 선에서의 노력이 중요하다. 나 편해지고자 타인을 괴롭혀서는 안 된다. 그런 싫은 것을 안 받으려는 반복적인 노력에도 불구하고 안 바뀌는 것이 있다면, 그것을 받아들이라는 것이다. 사실 이것은 내가 받아들이는 것이 아니라, 삶이 저절로 들이고, 사실은 이미 받아들여진 것이다. 다만 이미 온 현실에 대해 내가 마음으로 못 받아들여서 괴로운 것을 돌이켜 마음으로 받아들이라는 것이다.

괴로운 과보가 이미 왔고, 바꾸려고 해도 안 된다면, 거기에서 좌절할 것이 아니라 재빨리 마음을 돌려 현실을 수용해야만 오히려 그 고통의 과보를 빨리 지나가게 할 수 있다. 좌절, 절망, 신세 한탄을 하면서 절대 나는 못 받아들이겠노라고 거부하면 할수록 오히려 그 고통은 해결되지 못한 채 오래도록 나를 괴롭힐 것이다. 어쨌든 업보를 받아야만 하는데, 안 받겠다고 계속 거부하게 되면 그 업보는 나에게 흡수되지 못하고, 그러면 법계에서는 그것이 온전히 흡수될 때까지 계속해서 그 고통을 보내줄 것이다. 어차피 온 업장이라면 가슴을 열고 확 통으로 받아들여 버리면, 잠깐 힘들겠지만 빠르게 소진될 것이다.

업장은 소멸될까?
끝끝내 받아야만 할까?

어쨌든, 빨리 받든 늦게 받든, 내가 지은 업은 반드시 받아야만 한다. 그냥 없어지지는 않는다. 그래서 『법구경』에서는 '하늘에도 바다에도 산중 동굴에도 사람이 악업에서 벗어날 수 있는 곳은 아무 곳도 없다'라고 설한다. 그런데도 불교에서는 '업장 소멸'이라는 말이 있다. 수행하고 복을 지으면 업장이 소멸한다는 의미다. 업은 분명히 받아야만 없어진다고 했는데, 또 업장이 소멸할 수 있다는 것은 도대체 어떻게 가능한 것일까?

붓다는 이를 '소금물의 비유'로 설명한다. 악업을 아주 짠 소금물이라고 봤을 때, 악업을 한 컵만큼 지은 사람은 한 컵의 소금물을 마셔야 한다. 그 진한 소금물 한 컵을 다 마시려니 얼마나 고통스러운가? 하지만 다른 방법이 있다.

매우 큰 냄비에 한 컵의 소금물을 넣고 온갖 양념과 두부, 채소를 넣어 맛있는 찌개로 끓여서 배고플 때마다 먹는다면, 분명 그 소금물은 다 먹은 것이지만, 맛있게 먹을 수도 있다.

이것과 마찬가지다. A라는 업을 지었다고 하더라도 A라는 과보를 기계적으로 받는 것이 아니라, 그 이후에 얼마나 선을 행하고 복을 지으며 살았느냐, 얼마나 수행을 하고 살았느냐에 따라 복의 그릇은 달라진다. 복과 지혜를 증장하면 악업을 고스란히 받지 않아도 된다는 것이다. 복과 지혜라는 두 가지 요소가 바로 우리의 그릇을 크게 해주기 때문이다. 그랬을 때 오히려 전혀 다르게 받을 수도 있다. 받기는 받되 다른 방식으로 받는 것이다. 따라서 이것을 정확히 '업장 소멸'이라고 볼 수는 없지만, 그와 동등한 효과를 볼 수 있는 것이다.

그래서 과거를 놓아버리라고 하는 것이다.

과거의 죄업에 얽매여서, 지금, 이 순간을 죄의식과 괴로움 속에서 살 필요가 없다. 과거에 아무리 큰 죄가 있었어도, 현재에 바꿀 수 있는 것이다. 매 순간 더 좋은 복을 짓고, 선을 행하며, 지혜를 닦을 때 다시는 과거가 없다. 지금, 이 순간이라는 현재 속으로 용해되는 것이다. 그래서 불교에서는 늘 과거나 미래가 아닌, 바로 지금 여기, 눈 앞의 현실이 전부라고 설한다.

업보에서 '업'이라는 것은 행위, 원인을 지은 행위이고, '보(報)'라는 것은 받는 것을 의미한다. 여기에서 '보'라는 것은 '다르게 익어간다'라는 뜻이다. 다시 말해서 업을 지었는데 결과는 다르게 익어가는 것이다. 무엇에 따라서 다르게 익어갈까? 업을 지은 것은 과거이지만, 현재라는 순간순간에 어떤 복을 짓고, 선을 쌓으며, 얼마만큼 지혜로워졌느냐에 따라 매 순간 다르게 익어간다.

이 말을 조금 달리 표현하면, 우리의 인생은 업에 따라 인생이 좌우되는 운명론이나 숙명론이 아니라, 매 순간 우리의 삶은 새롭게 쓰이고 있으며, 지금 이 순간을 어떻게 사느냐에 따라 우리 인생은 계속해서 변화됨을 의미한다. 또한, 그 어떤 과거의 업장, 죄업에서도 놓여날 수 있으며, 그 힘은 곧 현재에 있음을 뜻한다.

똑같이 지었는데 다르게 받는 이유

내가 주먹으로 A를 툭 치면서 "너 이번에 정말 수고했어. 어떻게 그렇게 잘했어? 대단해"라고 말했다. 이럴 때 A는 주먹으로 한 대 맞았지만, 기분이 나쁘지 않고 오히려 기쁘다. 그러면 나와 A는 선업으로 맺어진다. 반면에 주먹으로 B를 툭 치면서 "죽고 싶어? 너 이것밖에 못 하겠어? 다음에도 이따위로 하면 가만 안 둘 줄 알아"라고 말했다. 그럼 B의 기분은 어떨까? 짐작하는 대로다. 똑같은 강도로 주먹으로 한 대 툭 쳤지만, 그 결과는 전혀 다르게 나타난다.

업을 지을 때는 똑같이 지었다 할지라도 보를 받을 때는 전혀 다른 차원으로 익어간다. 따라서 '나는 저 사람들과 똑같은 업을 지었으니까 똑같이 받을 거야'라는 생각은 틀렸다.

예를 들어, '저 친구와 나는 똑같은 시간을 공부했는데 왜 저 친구는 성적을 잘 받고 나는 못 받았지? 세상은 너무 불공평해'라고, 혹은 '저 친구와 내가 똑같이 잘못을 저질렀는데 왜 저 친구와 내가 다른 식으로 결과를 받아야 하지?'라고 여기기 쉽지만, 사람마다 다르게 익어가는 업보의 원리상 그렇게 될 수도 있다.

업보를 받는 데 있어서 이러한 '다르게 받는 보'는 네 가지의 방식으로 나타난다. 이 네 가지만 잘 이해하고 실천하면 과거에 지은 업을 지금, 이 순간 여러분의 의지에 따라서 바꿀 수도 있다는 의미다. 같은 업을 지었어도 무엇 때문에 다르게 받는 것일까? 그 네 가지는 다음과 같다.

첫째, 행위의 주체가 누구냐?

첫째, 행위의 주체에 따라서 다르게 익는다. 다시 말해서 그 행위를 누가 했느냐에 따라 달라진다.

앞서 말했던 것처럼 주먹으로 툭 친 행위 자체가 과보를 가져오는 것은 아니다. 동료를 아끼는 마음을 가진 사람이 격려를 위해 쳤느냐, 증오하는 마음을 가진 사람이 미운 마음을 담아 쳤느냐에 따라 달라진다. 즉 누가 쳤느냐에 따라서 과보는 달라진다는 얘기다.

예를 들어 한 여인을 사랑하는 두 남자가 사랑을 적극적으로 표현한다. 그러나 그 여인에게 있어 자신이 사랑하는 남자의 사랑 표현은 감미롭고 행복한 결과를 가져올 것이지만, 미워하는 다른 이의 적극적인 사랑 표현은 괴롭고 고통스럽기까지 할 수 있다. 같은 행위에도 한 남자는 키스를 받을 것이지만, 다른 한 남자는 뺨을 맞게 될 것이다.

또한, 행위자가 어떤 의도를 가지고 그 행위를 했느냐에 따라서도 과보는 달라진다. 군 생활을 하면서 마음속으로 '군인은 사람을 죽여야 하는 자인데 내가 이런 군 생활을 해도 될까?'라는 마음을 가지며 불안해하는 이들이 있다. 그러나 '군인은 사람을 살리고 평화를 지키는 자'라는 의도를 가지고 자랑스럽게 군 생활을 하는 이들도 있다. 이 둘의 과보는 같을 수가 없다. 똑같이 식당을 운영하지만, 그 의도가 '좋은 음식으로 사람들에게 공양하겠다'라는 의도를 가진 사람과 '싼 식자재를 쓰더라도 더 이익을 많이 남기겠다'라는 의도를 가진 사람의 과보 또한 다를 수밖에 없다.

그리고 의식의 차원에 따라서도 달라진다. 깨달음을 얻은 큰 스승과 그저 평범한 한 사람이 똑같은 진리를 전달했을지라도, 그것을 받아들이는 사람에게 주는 영향력은 다를 것이다. 똑같은 말과 표현을 했을지라도 자신이 존경하는 스승의 말은 깊은 감동과 깨달음을 남기지만, 평소 삶이 그다지 믿음직하지 못했던 사람이 준 가르침은 전혀 감동을 주지 못한다. 부처님, 깨달음을 얻은 큰 스님들이 하는 행위와 깨달음을 얻지 못한 사람이 하는 행위에는 이처럼 큰 차이가 있다. 깨달음을 얻은 자가 생명을 죽였다면, 심지어 그것은 살생의 과보가 아니라 생명을 도운 것일 수도 있다. 그러나 어리석은 중생이 생명을 죽였다면 그것이 작은 미물이라 할지라도 곧장 살생의 과보를 맺게 될 것이다.

처음 출가한 이는 계율을 지켜야 하지만, 깨닫고 나면 아무렇게나 살아도 저절로 삶 자체가 계율이 된다고 한다. 초심자는 작은 잘못도 계율을 어긴 것이지만, 깨달은 스님들은 계율을 초월하여 자유롭게 살아도 계율이 저절로 갖춰진다. 깨달은 사람이 이와 같다면, 우리는 어떨까? 사실 깨달은 '자'는 없다. 참된 깨달음은 '나'가 사라지는 것이기 때문이다. 깨달은 자가 아니라, 매 순간의 깨어있는 행위가 바로 깨달음이다. 깨닫지 못한 우리 또한 어떤 의식으로 했느냐에 따라 과보가 다르게 익어간다. 깨어있는 마음으로 행할 때와 분별 망상에 찌든 마음으로 할 때의 결과는 다를 수밖에 없다.

자녀의 행동을 보고 화를 낼 때, 화에 사로잡힌 채 화를 내는 것과 스스로 화에 사로잡히지 않았지만 깨어있는 마음과 방편으로 화를 내야할 때 화를 내는 것은 전혀 다른 결과를 가져올 것이다. 전자는 아이 마음에 상처를 남기고, 후자는 아이에게 교훈을 남길 것이다.

이처럼 행위를 한 자에 따라, 혹은 행위자의 깨어있음에 따라 그 행위는 전혀 다른 과보를 가져온다. 겉보기에 똑같은 행위일지라도 그것이 성스러운 행위가 될 수도 있고, 속된 행위가 될 수도 있다.

둘째, 행위의 대상이 누구냐?

둘째, 행위의 대상에 따라서 업의 결과, 즉 보(報)가 다르게 익어간다.

예를 들어 밥 한 끼를 공양한다. 그런데 어떤 대상에게 밥 한 끼를 사 주었느냐에 따라 과보가 달라진다. 여러분은 왜 부처님께 기를 쓰고 공양 올리려고 하는가? 부처님께 공양 올리는 것이 세속적인 사람에게 공양 올리는 것보다 낫다는 판단하에 행하는 것 아니겠는가? 물론 옳다. 그리고 우리만 그러는 것이 아니다. 경전에 보면 하늘의 천신이나 제석천 등도 부처님께 공양을 올리려고 온갖 노력을 다한다. 심지어 부처님께서 천신의 공양은 안 받겠다고 하시니까 제석천이 몰래 누더기를 걸치고 거지 행세를 하면서까지 부처님께 공양 올리는 그 귀한 복을 짓고 싶어 하기도 했다. 누구에게 공양 올리느냐에 따라 그 결과는 달라지기 때문이다.

경전에서도 '악한 사람 1,000명에게 보시하는 것보다 평범한 사람 한 명에게 보시하는 것이 낫고, 평범한 사람 1,000명에게 보시하는 것보다 착한 사람 한 명에게 보시하는 것이 낫고, 착한 사람 1,000명에게 보시하는 것보다 수행자 한 사람에게 보시하는 것이 낫고, 수행자 1,000명에게 보시하는 것보다 깨달은 자 한 사람에게 보시하는 것이 낫다'라고 했다. 같은 복을 지을지라도 '누구'에게 그 복을 짓느냐가 중요한 것이다.

도적 두목에게 밥과 돈을 보시하였다면, 도적은 그 돈으로 무엇을 할까? 도적질하는 데 쓰고 나쁜 짓 하는 데 쓸 것이다. 반대로 그 돈으로 부처님께 지극한 마음으로 공양을 올리게 되면 널리 지혜와 자비의 말씀을 전하는 데 쓰이게 될 것이다. 그 대상에 따라서 이처럼 업이 전혀 다르게 익어간다. 절의 보시함을 '복전함'이라고 하는데, 부처님께 공양 올리는 것은 말 그대로 복전(福田), 복의 밭이라는 뜻이다. 이 지혜의 가르침을 전하는 것이야말로 깨달음의 열매를 수확하는 최고의 복전이기 때문이다.

좋은 스승, 좋은 도반을 곁에 두는 공덕

좋은 행위의 대상이 이토록 중요하다면, 당연히 우리 주변에 좋은 사람들이 많고, 지혜로운 사람들에게 둘러싸여 살아가는 것이 중요할 것이다. 그래서 주변에 좋은 스승, 좋은 도반이 있는 것이야말로 최상의 복전이다.

수많은 불교 경전 중에서 가장 초기에 이루어진 경전 『숫타니파타』에서는 '될 수 있으면 자기보다 나은 의식 수준을 가진 사람과 벗을 하라'고 기록되어 있다. 나보다 못한 사람과 벗했을 때 그 사람에게 물들기 때문이다. 우리는 저절로 주변 사람들에게 물들고 배우고 훈습하고 공명하며 살기 때문이다.

평소 가장 자주 만나는 사람들의 평균이 바로 자신이라고 하는 말도 있듯, 나와 가까운 사람들이 곧 나 자신을 결정짓는다.

주말에 친구를 만나 점심 식사를 같이했다. 친구와 헤어지고 집에 돌아오는 길에 식사하면서 나누었던 이런저런 이야기들이 생각난다.

'요즘 서울 어디에 아파트값이 오른다고 해서 투자했더니 거기서 재미를 많이 봤다. 아이 성적 좋아지게 하려면, 강남에 어떤 개인 강사가 비싸긴 해도 좋다더라.'

집에 와서 곰곰이 다시 생각해 보니, 그 말대로 안 하면 부자가 될 수 없을 것 같고, 아이들 장래를 다 망칠 것만 같다. 그래서 나도 똑같이 그렇게 해야 할 것 같다. 물든 것이다. 그러니 자신의 현 상황을 잘 살필 수 있어야 한다. 스스로 경제력은 안 되면서 아이 교육에 대한 욕심 때문에 교육열 높고 상류층들이 많이 사는 동네에 가서 살면 자신이 더 힘들어진다. 큰 평수의 집에 대형차 굴리고 다니는 사람을 보면서 부러워한다. 어렵게 동네 진입에는 성공했을지 몰라도 이웃들과 대화를 나누면서부터 자꾸 위축되는 자신을 발견하게 된다. 내 자식은 비싼 과외 하나도 못 시키는데,

남들은 그 비싼 과외를 몇 개씩 시키는 것을 보며, 자식에게 미안하고, 열등감에 사로잡힌다.

반대로 지혜로운 친구, 좋은 도반, 올바른 스승이 곁에 있다면 어떨까? 만나고 돌아오면 언제나 은은한 향기가 남을 것이다. 가난하지만 마음이 풍요로운 친구, 자녀 과외에 열을 올리기보다는 따뜻한 심성과 자연과의 교감을 나누는 친구, 자식에게 성적과 대학을 요구하는 것이 아니라, 진정 자녀의 꿈이 무엇인지에 귀 기울이는 친구, 마음을 비우고 집착을 여의며 마음공부를 해 나가는 친구, 그런 벗과 만남이 잦아진다면 우리의 삶 또한 향기로워지고 넉넉해질 수밖에 없을 것이다.

쓸데없이 열등감을 키우는 모임이 아닌 진리의 모임, 수행하는 모임에 참여하면 저절로 자신의 마음공부도 익어갈 것이다. 말 그대로 도반이 대신 공부를 시켜주는 것이다. 하물며 매일 함께하는 가족이 곧 지혜로운 공동체가 된다면 더할 나위 없을 것이다.

셋째, 과보를 받는 시간은 언제인가?

셋째, 과보는 받는 시간에 따라서 다르게 익는다.

예를 들어 나쁜 업을 지었다고 하자. 쉽게 말하면 업이라는 것은 오래될수록 이자가 붙는다. 그러니 나쁜 업일수록 빨리 받는 것이 좋다. 지금 받으면 감기 한 번 오고 끝날 업인데, 10~20년 후에 받으면 고혈압이 오고, 암에 걸린다는 말이다. 악업은 늦게 받으면 늦게 받을수록 눈덩이처럼 더욱 커진다. 따라서 과보는 우주 법계의 계산이 맞아떨어졌을 때, 즉 그 업이 올 때 받는 것이 가장 좋다.

우주 법계는 항상 우리를 돕는 관점에서 사랑과 자비로 모든 일을 벌인다.

업에는 수미산을 넘을 만큼 악업도 있고 선업도 있다.

그렇다면 우주 법계는 우리가 과보를 언제 받을 것인지를 어떤 기준으로 정할까? 우주 법계는 사랑과 자비 그 자체다. 따라서 업을 '이때 받아야지 가장 빨리 녹는다' 싶을 때 과보를 보내준다. 그러니까 내가 그 업을 받을 때가 절호의 기회이다. 지금 당장 과보를 받아 조금 괴로울지 몰라도 그 업을 지금 받는 것이 가장 적절하다. 몇십 년 후, 다음 생에 받으면 더욱더 괴로울 것이다. 업에 대한 과보를 받으려고 해야지 자꾸 거부하면 안 된다. 나쁜 업에 대한 과보는 미루고, 좋은 업에 대한 과보는 빨리 받고 싶어하면 안된다.

좋은 업에 대한 과보를 당겨 받으면 작게 보상을 받는다. 하지만 묵혀두면 묵혀둘수록 더 큰 공덕이 쌓인다. 따라서 좋은 업은 늦게 받는 것이 좋다. 그런데 반대로 여러분은 좋은 업은 당겨 받고 싶어서 기를 쓴다. 많은 사람이 로또를 산다. 로또 사는 게 무엇인가? 내가 그나마 지어 놓은 복을 로또로 한방에 받겠다는 것이다. 한방에 받으면 거기서 복은 모두 끝난다. 로또 당첨이 된 후, 베푸는 사람 빼고는 거의 결과가 좋지 못하다.

오늘 나에게 괴로운 일이 생겼다. 그것은 좋은 일이다.

그 업을 녹일 절호의 기회이기 때문이다. 거부할 필요가 없다. 과보가 온 지금이 바로 법계의 계산이 맞아떨어진 때이기 때문이다. 과보를 받는 시기를 내 마음대로 바꾸려고 애쓸 필요가 없다.

감기에 걸렸다. 충분히 앓고 나면 나을 수 있다. 약을 굳이 안 먹고 이겨낼 수 있다면 그것도 좋다. 우리 몸에는 자연치유 능력이 구족되어 있다. 나를 찾아온 감기를 거부하지 않고 받아들여 잠시 앓아주면 된다. 간단하지 않은가.

옛날에 우리가 어릴 때 자라면서는 어땠는가? 눈 오면 밖에 나가서 장갑도 없이 온종일 눈싸움하고, 눈에 뒹굴면서 뛰어놀다가 들어와도 누가 감기 걸리는가? 잘 안 걸린다. 옛날에는 집이 추웠으니까. 얇은 종이로 벽과 창문을 덧대도 찬 공기가 다 들어온다. 외풍이 세서 바닥은 따뜻하지만, 공기는 차갑다. 외풍이 세야 좋은 것이다. 그 바깥 공기를 어느 정도 안에서도 느낄 수 있어야 한다. 그렇게 살면 잔병치레가 없다. 약도 먹지 않으니 자연치유 능력으로 나을 수 있었다.

요즘에는 에어컨, 온풍기, 보일러에 이중 단열 창틀까지 하고, 춥거나 더울까 봐 아이들을 밖에 잘 내보내지도 않는다. 감기에 걸리면 좀 앓아주게 하는 것이 좋다. 그래야 자연치유력도, 생명력도 강해진다. 어떤 약이든 부작용이 있다. 위장약은 위장을 보호하는 대신 간에 안 좋고, 사람을 몽롱하게 만들 수 있다. 모든 약은 해당 기관을 좋아지게 하지만 나머지 기관들에는 악영향을 끼친다.

넷째, 과보를 받는 공간은 어느 곳인가?

넷째, 과보는 받는 공간에 따라서 다르게 익는다.

예를 들어 과거에 어떤 업을 지어서 옛날 같았으면 죽을 만큼 심한 독감에 걸렸다고 해보자. 독감에 걸렸다는 것도 말하자면 악업을 받는 것이다. 그런데 만약 그동안 복을 지은 것이 많으면 선진국에 태어났을 때 그 과보를 받을 것이다. 반대로 복을 지은 것이 없으면 독감약도 없던 시대에 태어나거나, 그런 약을 찾기 힘든 매우 가난한 나라에 태어났을 때 과보를 받게 될 것이다.

어떤 나라에 태어나든 과거에 악업을 지었기 때문에 그 과보로 언젠가 독감을 한 번은 심하게 앓아야 한다. 그런데 복 짓고, 선을 쌓고, 지혜를 닦은 공덕이 많은 사람은 과보를 받을 때 좋은 시대적 공간을 타고날 것이다. 옛날에 태어났으면 약도 없어서 심하면 죽었을 수도 있지만, 지금이라는 좋은 시대, 좋은 공간, 이런 나라에 태어났다면 간단히 약 처방만 받고 깨끗하게 나을 수도 있다.

선진국에서 심한 독감에 걸린 것과 약도 의사도 구하기 힘든 아프리카 오지에서 병에 걸리는 것은 결과가 다를 수밖에 없다. 이처럼 똑같은 과보를 받는데 어떤 공간에서 받느냐에 따라서 전혀 다른 차원의 결과를 가져오는 것이다.

그렇다면 그 공간은 누가 결정할까? 내가 얼마만큼 복과 지혜를 닦았느냐에 따라 달라진다. 과거에 악업을 지었더라도, 그 후에 복과 지혜를 닦게 되면, 그 과보를 받을 때 좋은 시대, 좋은 공간일 때 그 과보를 받게 되어 가볍게 지나갈 수도 있는 것이다. 반면 좋은 세상에 태어나고도 인연이 맞지 않으면 하필 좋지 않은 공간에 있을 때 과보를 받게 될 수도 있다.

예전에 한 거사님께서 갑자기 쓰러지셨다. 그런데 바로 발견되어 병원으로 옮겨졌는데, 정말 2분만 늦었어도 돌아가실 뻔했다고 했다. 또 어떤 분은 마침 병원 바로 옆의 지하철에서 쓰러지는 바람에 빠르게 대처하여 살아날 수 있었다. 그러나 또 어떤 사람은 좋은 세상에 태어나고 나서도 하필 높은 산에서 산행을 하다가 쓰러져 제때 치료받지 못할 수도 있다. 필자가 군에 있을 때 한 장병이 전동타카로 못을 박다가 실수로 옆에 있는 장병의 머리에 못을 박고 말았다. 병원에서 천만다행이라며, 약 1~2㎜만 잘못 들어갔어도 큰일 났을 것이라고 했던 적이 있다. 대형 교통사고가 날 때도 비슷하다. 1m 혹은 1초 차이로 대형 사고가 날 수도 있고, 가슴을 쓸어내릴 수도 있다.

인과응보는 이처럼 말하자면 정확하게 과보를 받을 만한 공간적 좌표를 명확하게 알고 그 과보를 보내는 것이다. 복과 지혜를 많이 닦을수록 보호받기 쉬운 공간, 사고가 없는 공간에서 보를 부여받게 될 것이다. 물론 이것을 단편적으로 복이 있느냐 없느냐로만 판단할 수는 없다. 다만 여기에서는 쉽게 이해할 수 있도록 방편으로 단순화시켜 본 것이다.

업보를 다르게 받는 4가지 종류

다르게 받는 과보를 다시 한번 정리해 보자. 의식, 대상, 시간, 공간에 따라 업은 다르게 익는다.

첫째, 업을 짓는 행위자에 따라 다른 보가 나타난다.

행위자의 의도, 의식에 이미 그 결과가 고스란히 들어가 있다. 옷 장사를 하더라도 개인적인 욕심이 그 일의 원동력이 되는 것과, 그저 매 순간 몰입과 깨어있음으로 최선을 다해 옷을 디자인하고 순수한 열정으로 옷을 만들게 되는 것은 그 결과는 다를 것이다. 음식 장사를 할 때도 빨리 돈 벌겠다는 의도 보다는 음식을 먹는 사람들을 건강하게 하려는 의도, 그들을 돕겠다는 의도가 바탕이 되는 행동에는 더욱 큰 복이 실린다.

둘째, 행위의 대상에 따라 보가 다르게 나타난다.

그렇기에 좋은 벗과 스승과 좋은 인연의 복을 지어야 한다. 좋은 사람들, 좋은 승가, 공동체와 인연 맺고 살아가는 것이 중요하다. 그들과 나눈 대화, 생각, 행동이 모두 업보를 불러오는 것이기 때문이다.

셋째, 과보를 받는 때에 따라 보가 다르게 익어간다.

그때가 언제냐, 지금 바로 이 순간이다. 자꾸 과보를 막으려고 하지 말고, 미루려고 하지 말고 지금, 이 순간 받아야 할 것은 분명히 받아들이고 넘어가야겠다는 마음을 가져야 한다.

넷째, 과보를 받는 공간에 따라 과보가 다르다.

과보를 받을 시간과 공간을 결정짓는 것은 우리의 복과 지혜다. 얼마만큼 복을 지었는가, 얼마만큼 베풀었으며, 또 얼마만큼 지혜로운 삶을 살았느냐에 따라 과보를 받을 시간과 공간이 결정된다. 그래서 항상 복을 짓고 살아야 한다.

바로 지금,
과거와 미래의 업을 바꿀 수 있다

앞서 언급했던 소금물의 비유처럼 우리가 지금까지 지어왔던 업은 바꿀 수 있다. 지금, 이 순간 매 순간 어떻게 살아가느냐에 따라 그 업은 우리가 충분히 변화를 시켜나갈 수 있다. 물론 태어나면서부터 가져온 업도 있지만, 끊임없이 바꾸고 변화시키는 것이 인생이다. 매 순간 바뀔 수밖에 없는 것이다. 구체적으로 어떻게 내 삶의 궤도를 수정할 수 있을까?

불우이웃을 찾아가 따뜻한 말 한마디를 하면서 쌀을 보시했다면 이 복덕으로 3년 뒤에 파산할 과보였는데, 그 시기가 1년 뒤로 늦춰질 수도 있다. 한 번만 도운 것이 아니라 자주 찾아가서 도왔다면 파산은 5년, 10년 뒤로 늦춰지거나, 파산을 면할 수도 있다. 계속 복을 지으면 어떻게 될까? 파산을 면하는 것은 당연하고, 도리어 성공하는 인생으로 조금씩 변화될 것이다. 업이 바뀌면 삶이 바뀌기 때문이다.

불같은 성격으로 1년 뒤에 화병이나 위암에 걸릴 운명인 사람이 있다고 해보자. 그가 미워하는 사람을 용서하고, 화병에서 놓여나며, 마음공부와 명상을 통해 화를 다스리게 된다면 위염 정도로 약화하거나, 도리어 건강해질 수도 있다. 앞으로 5년 뒤면 회사에서 쫓겨날 사람인데 평소 사치스럽던 생활 습관을 고치고 아끼고 절약하게 되면 퇴직이 10년 뒤로 늦춰질 수도 있다. 파리나, 모기나, 풀벌레 등을 함부로 죽이다가 '일체 모든 중생을 사랑하는 마음을 가져야겠다'라는 마음으로 자비 명상을 실천하며, 사랑을 베풀어 방생한다면 10년 후에 죽어야 할 운명이 20~30년 뒤로 늦춰질 수 있을 것이다.

어떤 법칙이 정해져 있다는 것이 아니라, 방편으로 설명해 본다면, 이런 식으로 표현해 볼 수도 있겠다는 뜻이다.

업을 전면적으로 수정하는 2가지의 실천

삶은 끊임없이 어떤 업을 짓고 어떤 복을 짓느냐에 따라서 매 순간 궤도를 수정하고 있다. 이렇게 업은 전면적으로 궤도 수정이 가능한데, 거기에는 크게 두 가지 방법이 있다. 어떻게 하면 그 업을 바꿀 수 있을까?

첫째, 복을 짓고 선을 짓는 것, 즉 복덕을 늘려가는 것이다. 둘째, 마음공부와 중도라는 참된 수행을 통해 지혜를 늘려가는 것이다. 사실은 지혜를 늘린다기보다, 본래 완전하게 갖추어져 있던 지혜를 되찾는 것이다.

불교는 복덕과 지혜를 증장시키는 종교다. 부처님의 공덕을 찬불하고 삼보(三寶)에 귀의할 때, '귀의불(歸依佛) 양족존(兩足尊)'이라고 하는데, 이는 '두 가지가 구족되어 존귀하신 부처님께 귀의합니다'라는 뜻이다. 바로 이 두 가지가 복덕과 지혜다. 우리의 삶도 마찬가지다. 우리 인생에서 가장 중요한 2가지가 바로 복을 짓는 일과 지혜를 닦는 일이다.

첫째, 몸과 말과 생각이라는 3가지 도구(三業)를 통해 복덕을 짓는 것이다.

신구의 삼업으로 선행을 할 때 선의 과보를 받고, 악행을 할 때 악의 과보를 받는 것이 인과응보다. 지혜로운 생각, 예쁜 말씨, 자비로운 행동으로 세상을 향해 청정하고 복된 행동을 하는 것이다. 적극적인 복덕과 보시행은, 법시(法施), 재시(財施), 무외시(無畏施)라는 3가지 무주상보시(無住相布施)를 실천하는 것이다. 재물을 나누면 풍요로운 재물로 돌아오고, 불법을 보시하는 법시를 통해 지혜를 깨닫게 되며, 일체중생의 두려움을 없애주는 것을 통해 본래 두려운 것이 없는 참된 지혜를 깨닫게 된다. 이런 보시와 나눔을 실천하되, 내가 했다는 생각이 없을 때, 그것은 더욱 큰 과보가 되어 돌아온다.

둘째, 지혜를 실천한다는 것은, 올바른 법문을 들어 안목을 밝히고, 기도와 수행, 명상의 삶을 살아나가며, 내가 공한 줄 알아 무아(無我)의 삶을 통찰함으로써 저절로 탐내고 성내고 어리석은 삼독(三毒)이 사라지는 삶이다.

지혜를 얻는다는 것은 곧 붓다의 깨달음을 얻는 것이다. 이는 다르게 말하면, 모든 괴로움에서 확연히 벗어나는 것이며, 생사 해탈이라는 말처럼, 죽음을 넘어서는 길이다. 이 몸이 내가 아니며, 나와 세계는 둘이 아니고, 그렇기에 나는 나고 죽는 존재가 아님을 깨닫는다. 모든 일을 다 하면서도 더는 이 세상에서 집착할 것이 없고, 모든 질문이 사라진다. 그 어떤 두려움도 없이, 걸림 없이, 집착과 화 없이, 가볍게 주어진 삶을 살아나간다. 사실 이 지혜는 우리 모두에게 본래 갖추어진 것이기에, 문득 깨닫기만 하면 된다. 지혜를 깨닫게 되면, 사실 복덕 또한 본래 구족이었음을 깨닫게 된다. 더는 복을 닦고, 선을 쌓으며, 수행하려고 하지 않지만, 그 모든 것이 다 구족되어 한 번도 사라진 적이 없었음을 깨닫는다.

근원에서 복과 지혜는 둘이 아니다. 복과 지혜야말로, 우리가 세간에서 또 출세간에서 해야 할 궁극적인 2가지 실천이다. 더는 없다.

제6장

자기다운 방식으로 부자가 되라

행복한 것이 삶 본연의 모습

계절이 바뀌고, 해가 바뀌는 것이 무척 빠르게 느껴진다. 하기 싫은 일도 억지로 해야 했고, 하고 싶은 일이 생겨도 마음대로 할 수 없었던 어린 시절에는 시간이 좀 빨리 갔으면 했다. 참 따분하고 지겨워 언제쯤 공부 안 하고 살 수 있는 때가 오나 했다.

그런데 살아온 길을 가만히 돌아보니 삶이란 무조건 힘들고 고통스럽고 어쩔 수 없이 이어지는 것이 아니다. 삶이란 있는 이대로 이렇게 아름다움을, 즐겁고 평화롭게 살 수 있음을, 행복하게 사는 것이 삶 본연의 모습임을 사부작사부작 깨닫곤 한다.

학생 때는 좋은 대학에 가기 위해 싫어도 무작정 공부한다. 어렵게 대학에 입학했으면 행복해야 하지만 다시 취업 준비로 바쁘다. 좋은 회사에 취직해도 더 많은 돈을 벌기 위해 더 많은 일을 하느라 삶을 누릴 틈을 찾기 어렵다. 40, 50대가 되도 마찬가지다. 애들 대학도 보내고 결혼도 시켜야 하니 인생을 누릴 엄두도 못 낸다. 이는 인생에 대한 모독처럼, 열심히 살지 않는 것처럼 느껴진다. 행복을 누리는 것은 노후에나 가능하다고 생각한다.

아니다. 삶은 매 순간 지금뿐이다. 바로 지금 여기에서 행복하지 못하면 어느 때에도 행복할 수 없다. 자기의 분별 망상과 비교하는 마음이 지금, 이 순간이라는 이 본래 충만하고 완전한 순간을 부족하고 결핍된 순간으로 바꾸고 있을 뿐이다. 삶은 내가 엄청난 노력을 한 끝에 결과적으로 얻어낼 수 있는 무엇이 아니다.

지금 이대로 삶은 완전하다. 열반은 이미 드러나 있다. 삶의 본질은 불행이 아니라 본래부터 갖추어져 있던 행복이다. 다만 중생들이 이런 본래의 참된 행복을 모르고, 분별 망상을 따라 살면서 괴로움을 스스로 만들어내고 스스로 받고 있으니, 그 괴로움의 원인을 제거하여 본래 있던 열반을 드러나게 해준 것이 붓다의 가르침이다.

가장 아름답고 멋진 일

직업(職業)이란 말 그대로 '업(業)'이다. '업'이라는 것은 행위를 의미한다. 직업은 이번 생에 내가 주로 이 직업적 행위를 통해 살아가겠다고 선택한 일이다. 따라서 직업을 선택한다는 것은 매우 중요하다. 한평생 어떤 업을 지속해서 지을 것이냐를 규정짓기 때문이다.

직업을 잘못 선택하면 어쩔 수 없이 먹고 살기 위해 나쁜 업을 지으며 살아야 할 수도 있고, 좋은 직업을 선택하면 일을 하면서 동시에 복을 짓게 되기도 한다. 쉽게 말해 돈도 벌고 복도 짓는 것이다. 절에 와서 기도하고 수행하는 것만이 진정한 마음공부인 것은 아니다. 생활 속에서, 직장생활을 하는 가운데에서, 즉 매 순간순간이 공부처가 되어야 한다.

불교에서 '유위법(有爲法)'과 '무위법'을 이야기한다. 유위란 함이 있다는 의미로 유위법은 마음에서 무엇인가를 조작하고 만들어내는 인위적인 행위를 말한다. 반대로 무위란 함이 없다는 의미로 의도가 있지 않은 있는 그대로의 행동, 물 흐르듯 자연스러운 행위를 뜻한다. 유위는 할 일이 있으니 힘들고 애써야 한다. 하지만 무위는 애쓰지 않고도 자연스럽게 무엇이든 다 할 뿐 아니라, 이런 자연스러운 행에는 오히려 더 큰 힘이 붙는다. 유위는 내가 하는 것이지만, 무위는 나를 잊는 것이기 때문에 법계에서 저절로 되게 한다.

하기 싫고 불만족스럽지만 그래도 밥 먹고 살려고 어쩔 수 없이 일하고 있다면, 이는 유위행 즉, 유위의 직업을 가지고 사는 것이다. 반대로 무위의 행으로써 일하면서 살아간다면 삶 자체가 아주 자연스럽게 흘러간다. 애쓰지 않는데도 될 것은 물 흐르듯 저절로 된다.

직업 생활을 하되 함이 없이 무위로 할 수 있다면 이것이야말로 가장 이상적인 직업이 될 것이다.

우연히 존재하는 것은 없다

우주의 모든 존재는 우연히 생겨난 것이거나, 쓸모없는 것은 없다. 저마다 연기적인 연결성을 통해 온 우주에 나름의 도움을 주고받으며 상의 상관적으로 드러난다. 어떤 것 하나 우연히 존재하는 것은 없다. 길을 가다가 돌부리에 걸려 넘어졌다면, 그 돌부리가 우연히 거기에 있었고, 우연히 내 발에 걸려 넘어져 무릎에 상처가 난 것이 아니다.

모든 것은 인연따라 그곳에 있는 것이다. 꽃 한 송이조차도 그 자리에 피어있는 인연이, 이유가 있다.

전쟁터에서 행군하다가 너무나도 아름답게 피어난 한 송이 꽃을 보려고 고개를 숙이는 순간 총알이 머리 위로 지나가 살아났다면 이것은 우연일까? 우연일 수가 없다. 그 꽃과 군인은 알 수 없는 연결성 속에서 서로를 도운 것이다. 발아래의 작은 꽃 한 송이조차 온 우주의 법계연기의 온전한 한 부분이다.

불교의 연기법에서는 하나가 곧 전체이고 전체가 곧 하나이며, 하나 속에 전체가 담겨있고 전체 속에 하나가 있음을 설한다. 그 꽃 한 송이는 그 작은 하나로 드러났지만, 온 우주 전체와 둘이 아니다.

사람은 말할 것도 없다. 귀하고 천한 사람은 따로 없다. 모든 사람은 동등하게 소중한 붓다의 현현이다. 세상에서 가장 천하게 보이는 한 사람과 가장 위대한 일을 하는 사람이, 근원에서는 다르지 않다. 모두는 저마다 각자 자기다운 일을 행함으로써, 온 우주를 운행하고 있다.

거대한 공장이 무수히 많은 크고 작은 톱니바퀴로 연결되어 돌아간다면, 아무리 작은 톱니라도 하나가 빠지면 공장 전체가 멈추듯, 아무리 보잘것없는 존재도 전체와 둘이 아니다. 농부는 농부의 삶을 통해 온 우주를 살리고 있고, 청소부는 청소를 통해, 그리고 대통령은 대통령의 임무를 다 함을 통해, 우주를 운행하기 위해서 모두가 각자 평등한 역할을 하고 있다.

자신이 하는 일이 소소하고 작게 느껴지거나, 보잘것없이 느껴질 수 있겠지만, 그것은 결코 작은 것이 아니다. 그 일에 나의 깨어있음과 마음을 다한다면 그것을 통해 나는 법계와 하나 되는 것이다. 그 역할은 절대 작지 않다. 그것은 붓다의 그것, 위대한 발명가의 역할과 동등하다. 붓다며 위대한 사람도 농부의 쌀이 필요하지 않은가.

한마음 법신불, 오직 이 마음 뿐

이 우주는 항상 진리를 꽃피우고 있다. 마음을 비우면 바람이 불어 낙엽이 떨어지는 모습에서도 아주 짠한 고요함과 행복과 어떤 진리를 맛볼 수 있다.

어느 가을의 초입, 청량사에 올라 풍경에 취해 바라보다 문득 모든 시비가 끊어지는 듯, 순간 고요해지고 오직 뭐랄까 아름다움만 남았다. 잠시 후 법당 뒤에서 바람이 싸악 불었다. 우수수 낙엽이 떨어지면서 햇빛에 반사되어 반짝반짝 빛나는데, 이는 단순히 아름다움을 넘어 도저히 말로 표현할 수 없는 어떤 쨍! 하는 것을 내 마음속에 드러내주었다.

이 아주 작은 현상 또한 다 진실을 머금고 있다. 우주 모든 것이 부처님의 진리를 머금고 있고 그것 자체가 바로 부처다. 그러니 우리는 어디에서나 깨달을 수 있고, 언제나 부처님의 법음을 들을 수가 있고, 어떤 순간에도 부처를 친견할 수가 있다.

온갖 번뇌와 망상에 찌들어 보지 못할 뿐, 이 우주는 언제나 적멸이고 나라는 존재도 언제나 부처다. 다만 나 자신이 스스로 부처로 살지 않을 뿐이다.

우리는 부처로도 살다가 중생으로도 산다. 분별과 생각에 사로잡히면 그것이 중생이고, 망상에 끌려가지 않으면 곧장 부처다. 순간순간, 삶을 조금 더 본연의 부처 삶으로 드러내는 것, 그것이 불교의 실천이고 수행이다. 이미 모든 존재 자체가 부처다. 법신불(法身佛)이 나라는 모습, 세상 만물의 모습으로 나타난 것이다.

하나의 부처가 온 우주를 운행시키고 있다. 이를 한마음이라 한다. 이 한마음이 전체를 작용시키며, 이 한마음이 진정한 자기이다.

그러나 이 한마음, 부처에는 형상이 없다. 크기도 없고,

모양도 없고, 위치도 없으며, 색깔도 없고, 볼 수도 들을 수도 없고, 있다거나 없다고 할 수도 없다. 알 수도 없다. 그런데도 이렇게 보고 듣고 느끼고 아는 작용이 저절로 일어나고 있으니, 없다고 할 수도 없다.

그러니 불성, 자성, 마음, 법, '이것'은 말로 설명할 수 없어 어쩔 수 없이 중도로 설할 뿐이다. 유무중도(有無中道)란 말처럼 있는 것도 아니고 없는 것도 아니다. 있다고 할 수도 없지만 없다고 할 수도 없다. 있고 없음이라는 양쪽을 넘어 말로 설명할 수 없는 출세간의 법이기 때문이다. '이것'을 곧장 깨닫도록 하는 것이 바로 선불교이며, 곧바로 본성을 가리켜 보인다고 하여 직지인심 견성성불(直指人心 見性成佛)이라고 한다.

어리석은 중생이 아니라 완전한 부처

우리가 하는 가장 큰 착각은 바로 '나는 어리석은 중생이다'라는 생각이다. '큰스님들께서 그토록 열심히 수행하시는데도 부처가 되지 못하는데, 내가 어떻게 부처가 될 수 있을까'하는 생각은 당장에 버려야 한다. 바로 이 생각이 우리 본연에 갖추어진 부처 성품을 드러나지 못하도록 만든다. 본래부터 갖추어져 있는 완전한 성품을 스스로 제한하는 것이다.

우리는 지금 이 자리에서 여지없는 부처다. 스스로 부처이면서 중생이라고 착각할 뿐이다. 스스로 일으킨 분별에 사로잡혀, 그 자기 생각을 자기와 동일시한 나머지, 본래부터 있던 생각과 분별 이전의 본래 그러한 진리 성품을 잊고 살았을 뿐이다.

이런 착각에서 벗어나 본래불로 살려면 어떻게 해야 할까? 지금 있는 이대로의 현실, 자기 자신을 있는 그대로 허용하고 받아들일 수 있어야 한다. 이 몸과 마음이 나인 것이 아니라, 이 몸과 마음뿐 아니라 이 세상 전체를 드러내고 있는 본바탕의 마음이 바로 진정한 자기이기 때문이다. 이 본바탕의 마음 위에서 바로 이러한 삶이 드러난 것이다.

진정한 나는 바로 이 현실 자체다. 삶 자체다. 나와 세계를 포함한 이 우주 전체를 통으로 드러내고 있는 이것이야말로 진정한 자기다. 그러니 이렇게 드러난 현실이 그대로 진실이다. 제법실상(諸法實相)이며 촉목보리(觸目菩提)다. 제법 즉 지금 이대로 펼쳐진 전체가 그대로 진리이며 실상이고, 그렇기에 눈에 보이는 것이 그대로 깨달음이다.

다만 이 진리의 세계를 내 생각으로, 분별로 해석하고 제한했기 때문에, 내 의식의 필터로 한껏 축소된 괴로운 현실이 드러난 것일 뿐이다. 판단 분별하지 않고 있는 그대로 보면, 진실이 보인다. '멈추면 보이는 것들'이 바로 이것이며, 이것이 불교의 중도의 핵심인 지관(止觀)이다. 생각, 판단, 분별, 망상을 멈추고(止) 현실을 있는 그대로 보는 것(觀)

이 바로 진리의 핵심이다. 생각으로 해석해서 보지 않고, 있는 그대로의 현실을 있는 그대로 볼 때 진실이 드러나며, 바로 그 있는 그대로의 현실을 있는 그대로 받아들일 때, 진리다운 삶을 살게 된다.

진리는 이처럼 쉽고 단순하다. 주어진 삶을 판단 분별하지 않고 있는 그대로 보고 받아들이는 것이다. 좋고 나쁜 둘로 나누지 않고 평등하게 바라보는 것이기에 이런 지관(止觀)이야말로 참된 자비요 사랑이다.

지금 당신에게 주어진 그 모든 것이 진실이다. 당신이 바로 진리다. 가장 나다운 것이야말로 가장 진리다운 것이다. 지금 나에게 주어진 것이 아무리 못났고 마음에 안 들고 별로라고 할지라도, 바로 그것을 있는 그대로 허용하고 받아들이는 데에서 시작해 보라. 바로 여기에 답이 있다. 이것이 진실이기에, 진실을 거부하지 않을 때, 진리는 진리로 피어난다.

가장 자기다운 삶이야말로 가장 지혜롭고 자비로운 삶인 것이다.

나답게 사는 것이 곧 진리답게 사는 것

'나는 부족한 존재'라고 여기게 되면, 타인을 부러워하며, 남들처럼 살려고 노심초사하고 애쓰는 삶을 살게 된다. 그러나 자기다운 삶의 아름다움을 깨닫게 되면, 마음껏 자기다운 삶을 자기다운 방식으로 저어나간다.

자기다운 삶은 전혀 애쓰지 않아도 저절로 주어진 것이기에 쉽고 단순하다. 그리고 더 큰 열정과 에너지가 샘솟는다. 나다운 것이야말로 진리다운 것이기에 진리가 돕는 것이다.

이것이 바로 '진리에 내맡긴다'라는 의미다. 나답다고 할 때의 그 '나'는 에고, 아상으로서의 나가 아니라, 진리의 나를 말하기 때문이다. 몸과 마음인 내가 아니라, 법신불이며 불이법으로서의 전체로서의 나를 말하며, 이 전체인 한 마음이 이러한 현실로 나타난 삶 전체를 의미한다. 자기답게 사는 것이 곧 진리에 내맡기는 것이고, 삶에 내맡기는 것이며, 이것이 곧 삶을 있는 그대로 허용하고 받아들이는 삶이다.

가장 나다운 삶을 살 때 우주 법계의 이치, 진리의 세계와 일치를 이루고 살게 된다.

'내 일이 아닌 부처님 일'이라고 믿고 맡기며, 무엇이든 부처님 일일 뿐이라는 믿음으로 믿고 맡기는 것이다. 부처님의 일이니 내가 알 바가 아니지 않은가. 그러니 결과는 내가 고민할 바가 아니다. 그저 최선을 다할 뿐 결과는 진리가 알아서 나보다 더 잘할 것임을 알고 내맡기는 것이다. 그러니 자기의 분별 망상 생각을 따라 이리저리 휘둘리는 대신, 평화로운 마음으로 그저 턱 내맡기고 매 순간 그저 할 뿐이다.

자식의 진로 문제로 고민하는 부모님에게 스님들은 무엇이든 억지로 시키지 말라고 조언하곤 한다. 아이의 이야기를 충분히 들어주고, 스스로 자기가 진정 무엇을 원하는

지를 꺼낼 수 있도록 해 주는 것이다. '머리'의 이야기를 듣는 것이 아니라, '가슴'의 울림이 무엇인지 질문해 주는 것이다. 머리로는 무엇을 좋아하는지 모를지라도, 가슴을 열 때 자기를 가슴 뛰게 하는 일이 무엇인지, 가장 나답고 자연스럽게 해 낼 수 있는 일이 무엇인지를 스스로 깨닫기 때문이다.

생각은 언제나 더욱더 좋은 것을 더욱더 빠르게 알고 싶어 한다. 아직 모른다면 그 모르는 순간에 잠시 머물러 있어 보라. 그리고 내맡겨 보라. 머리보다는 가슴이 시키는 일, 해야 하는 일보다는 하고 싶은 일, 돈을 많이 버는 일보다는 그것을 했을 때 즐겁고 행복한 일이 무엇인지를 살펴보라. 자기 안에 어떤 영감과 열정이 일어났다는 것, 자기를 가슴 뛰게 하는 무엇을 발견했다면, 가볍게 저질러보라. 아무리 좋은 것이라도 과도하게 집착하지 않은 채, 무엇이든 실천으로 옮겨 보는 것이다.

생각이 너무 조바심치지 않는다면, 너무 욕심내지 않는다면, 우리의 가슴은 결국 자기의 길을 스스로 찾게 될 것이다.

생각은 지금 당장 성공하고 싶은데, 현실은 자꾸만 힘든 일이 연이어 일어난다면 어떨까? 그럴 때는 어떻게 받아들여야 할까? 불교의 업(業)의 가르침에서 볼 때, 모든 것은 업이 해결되는 방향, 해소되는 방향으로 삶을 펼쳐낸다. 즉, 내 성공에 앞서 먼저 내 안에 가득 쌓인 업장이 녹아야 한다면, 업장을 소멸할 수 있는 환경이 주어질 것이다. 힘들고 괴로운 일이 일어나는 것은 그것을 통해 악업의 업장이 해소되기 위해서이다. 즉 나를 괴롭히기 위해 찾아오는 것이 아니라, 그 문제를 해결함으로써 나를 돕기 위해 찾아온다. 해결하려면 먼저 그 문제가 해소되어야 한다. 풀려나가야 한다.

고통이 왔다면 그것은 해소될 절호의 기회다. 또한, 그 문제가 해결되는 것을 완전히 허용함으로써, 온몸으로 그 고통을 받아들여 줄 때 업장 소멸뿐 아니라 덤으로 삶의 지혜까지 수확하게 될 것이다.

이처럼 고통이나 나쁜 환경은 우리를 돕는다. 그것은 전혀 나쁜 상황이 아니다. 나를 비워주고, 깨워준다.

싫은 상황을 해결하는 붓다의 방식

삶은 언제나 연기법의 이치대로 정확히 일어나야 할 일을 일어나야 할 바로 그때 일어나야 할 크기만큼 일어나게 만든다.

과거에 당신이 만났던 고통, 괴로움, 힘들었던 상황들조차 나를 돕기 위한 법계의 연기 작용이었다. 현재에 일어나는 모든 일들 또한 일어나야 해서 일어난다. 물론 그렇다고 힘든 상황, 괴로움이 찾아올 때 그것을 해결하지 말라는 말이 아니다. 힘든 상황이 오면 누구나 그것을 해결하고 싶어 한다. 그것이 바로 나의 내적인 인연이다. 나의 내면이 문제 해결을 원한다. 이 또한 인연따라 일어난 일이다. 그러니 그 문제를 해결하기 위해 최선을 다해 본다. 온갖 노력을 다해 보라.

다만 몇 번을 노력했는데도 불구하고 전혀 해결되지 않

고 있다면, 혹은 죽도록 노력해도 이 상황을 바꿀 수 없는 상황이라면, 그 상황은 아마 시절 인연으로 온 것일 터이다. 그래서 이런 경우 붓다는 항상 세번, 네번 정도 최선을 다해 노력했고, 그런데도 안 될 때는 그것을 허용하고 받아들이곤 했다. 그것이 붓다의 방식이었다.

한때 붓다는 한 시자(侍者)와 전법의 길을 떠났다. 그 시자는 특정 지점까지 붓다를 모시고 가야 하는 임무를 부여받았다. 그런데 중간 지점쯤에 너무나도 수행하기 좋은 터를 발견한 시자는 붓다에게 '이곳에서 수행하고 싶다'라며 시자의 임무를 저버리고 붓다를 홀로 보내려 하였다. 붓다는 공동체의 약속이고 임무이니 지키는 것이 좋지 않겠느냐고 세번을 설득했지만, 시자의 뜻은 완고했다. 붓다는 더는 설득하지 않고 수행법을 알려준 뒤 홀로 길을 떠나셨다.

코살라국이 군사를 일으켜 붓다의 고향인 카필라국을 멸망시키려 전쟁을 일으켰을 때도 붓다는 세번 중간에 길을 막고서 왕을 설득시켜 코살라 군대를 회군시켰다. 그러나 네번째 다시 전쟁을 일으켰을 때, 붓다는 더는 막지 않았다. 그것은 코살라국과 카필라국 사이에 쌓인 업을 푸는 과정이었기 때문이다.

붓다에게는 반드시 일어나야 하는 일도 없고, 반드시 일어나서는 안 되는 일도 없다. 세상을 붓다의 뜻대로 모두 다 바꾸고자 하는 그 어떤 의도도 없다. 다만 인연따라 최선을 다해 그 순간 해야 할 일을 하지만, 결과에 과도하게 집착하지 않으며, 삶의 흐름을 따른다. 모든 것을 마음대로 다해내는 것이 붓다가 아니라, 최선을 다해 할 것은 하겠지만, 안 되면 안 되는 흐름을 수용하는 것이 붓다의 길이다.

우리의 삶도 마찬가지다. 무엇이든 최선을 다해 원하는 것은 이루기 위해 노력하고, 싫은 것은 거부하기 위해 노력하는 것은 좋다. 다만 최선으로 행했는데도 불구하고 그 상황이 여전히 바뀌지 않고 있다면, 그것을 있는 그대로 인정하고 허용할 줄 알아야 한다.

자기답게, 자연스럽게, 집착 없이

필자가 군에 있을 때 여러 지휘관을 만났다. 대부분 지휘관이 성격도 좋고, 대인관계도 좋으며, 외향적이어서 사람들과의 관계를 잘할 줄 알았다. 저런 사람이 지휘관을 하는구나 싶었는데, 한 번은 너무나도 수줍어하고 말수도 없으며 조용 조용한 내향적 성격의 지휘관을 만났다. 회의를 주관하면서도 별다른 말이 없고, 훈시같은 것도 없고, 어지간한 일은 참모에게 완전히 내맡기는 분이셨다. 중요한 훈련을 앞두고도 소란스럽지 않고 결과에 집착하지 않으며, 그저 평소 하던 것을 보여주기만 하면 된다고 하셨다. 다들 의아해했지만, 결과는 오히려 너무도 좋았다. 그런데 그 지휘관이 임무를 마치고 전출을 할 때, 처음으로 참모들이 '내 인생 최고의 지휘관과 가장 행복한 시기를 보냈다'라며 눈물을 훔쳤다.

이것이 바로 '자기답게 사는 길'이 아닐까? 일반적이라면, 지휘관은 좀 외향적이고 사람들도 많이 만나 소통하고 걸출한 사람이어야 하겠지만, 이 사람이 자기다운 길을 버리고 남들처럼 억지로 그렇게 하려고 애썼다면 그 자리까지 올라가기 힘들었을지 모른다.

똑같은 일을 하더라도, 자기다운 방식으로 해 나갈 때 가장 자연스럽고 효율적이다. 무엇보다 그럴 때 힘이 들지 않고, 가벼우며, 오래갈 수 있다. 처음에는 이런 성격이 특정 일에 잘 안 맞는다고 느껴질지 모르지만, 자기답게 해 나가다 보면, 자기만의 길이 열린다. 그럴 때 그 길은 누구도 흉내를 내지 못하는, 오롯한 자기 것이 된다.

우리는 모두 자신에게 부여된 일과 업무를 통해 이 세상에 기여하고 있다. 자기 자신에게 주어진 일, 그것을 하는 것이야말로 바로 지금 내가 여기에 있는 이유다.

너무 과도하게 남들처럼 하려고 애쓰거나, 억지스러운 방식을 고집할 것은 없다. 최대한 마음을 열고 받아들이되, 자식 방식대로 소화되고 자연스럽게 통합될 때 진정한 자신의 것이 될 수 있다. 자신에게 주어진 길이 꼭 거창하지 않을 수도 있고, 작고 사소해 보일 수도 있지만, 그것은 중요하지 않다. 꽃밭에 물을 주는 일, 아이를 키우는 일, 남을 가르치는 일, 농부, 경비원, 회사원 무엇이든 자신에게 주어진 일, 지금 내가 하는 일이야말로 지금 자기다운 온전한 열정을 쏟아야 할 일이다. 그 일을 통해 세상을 도울 수 있고, 그 일을 통해 깨어날 수 있기 때문이다.

어떻게 해야 자기답게 일을 해낼 수 있을까? 자기다운 길을 열 수 있을까? 그러려면 자연스러워야 한다. 억지스럽지 않아야 하고, 그 일에 과도한 욕심이 개입되지 않아야 한다. 몸과 마음이 이완되어 있고, 큰 욕심과 집착이 없으며, 순수한 열정으로 주어진 일을 해 나간다면, 바로 그때 저절로 가장 자기다운 길이 열린다.

그렇게 일을 할 때, '내가 잘 해야지', '내가 진급해야지', '내가 잘 보여야지' 하는 생각이 없기에, 내가 하는 일이 아니라 그저 내맡겨진 채 자기 본연의 바탕 자리에서 우러나오는 어떤 힘이 나를 이끌고 간다. 그런 일은 하면서도 가볍고, 쉽게 몰입되며, 즐기게 된다. 그럴 때 그 일은 내가 하는 것이 아니라 우주 법계가 저절로 이끄는 듯한 완전한 내맡김, 우주적인 어떤 도움 혹은 은총, 나에게서는 도저히 나오지 못할 것 같던 번뜩이는 아이디어와 창발성 같은 것들을 창조해낸다. 일에 내가 사라질수록 전체가 작용하게 되기 때문이다. 내가 사는 것이 아니라, 전체가 사는 것을 이 에고는 다만 연기하는 것일 뿐이다.

그러니 나를 버릴수록 삶은 더 큰 진가를 발휘한다. 아집을 내려놓을수록 일은 놀라운 방식으로 확장된다. 이것은 억지로, 죽기 살기로, 진급해야 하니까, 먹고 살아야 하니까, 하기 싫지만 하는 일과는 근본적으로 다를 수밖에 없다.

억지로 인위적으로 하게 되면 내 노력과 나의 에너지, 내 복 안에서만 결과를 끌어낼 수밖에 없다. 더욱이 내 힘으로 해내야 하니 에너지는 더욱 고갈된다. 그러나 내가 사라지고, 욕심과 집착을 내려놓으며, 자연스럽게 자기답게 행하게 되면, 그 일은 더는 내 일이 아니라 우주 법계의 일이 되어버린다. 저절로 우주가 나를 돕기 시작한다. 아니, 내가 곧 에고에서 벗어나 우주 그 자체가 되어버린다. 본래 우리는 이 몸에 갇혀 있는 작은 존재가 아니라, 우주적이고, 전체적이며, 대아(大我)적인, 불교의 표현으로 말하면, 허공법신(虛空法身) 그 자체인 비로자나불이기 때문이다.

그러니 나와 내 집착을 내려놓고, 진리에, 부처님께 일체를 내맡기게 되면 저절로 될 일은 되고 안될 일은 안 되어질 것이다. 그것을 그저 받아들일 뿐이다. 최선을 다하되, 결과는 완전히 내맡기고 받아들이는 것이다.

이런 마음 자세라면, 어떤 근심 걱정이 있겠는가. 어차피 내가 하는 일이 아닌데. 어차피 내가 그 일을 해낼 수 있을지 없을지 모르는 것 아닌가. 어차피 알 수 없는 일은 알 수 없는 대로 두자. 모를 뿐인 현실을 알려고 애쓸 것은 없다. '모를 뿐'임을 깨닫게 되면, 오히려 더 편안해진다. 완전히 내맡길 수 있기 때문이다. 나는 모르니 진리가 알아서 진리의 길을 가겠구나 하고 맡기는 것이다.

이렇게 나를 버리고 내맡긴 채 자연스럽게 일을 하다 보면 저절로 몰입되고, 일의 삼매에 빠지게 되며, 그랬을 때 에고의 나로서는 도저히 할 수 없던 도약적인 아이디어와 창의적 방식이 저절로 드러난다. 그것은 내가 한 것이 아니다. 이것이 바로 바가바드 기타에서 말한 '카르마 요가'다. 나에게 맡겨진 일을 통해 깨달음에 이르는 것이다. 일하는 것이 바로 참된 요가이며 명상이고 수행이라는 뜻이다.

언제나 성공적이 되려면

삶에 어떤 사건이 등장하면, 바로 그것을 원하라. 또 어떤 것이 주어지면, 바로 그것을, 그만큼을 원하라. 어떻게 이렇게 딱 맞게, 꼭 필요할 때, 정확히 이것을 가져다주었지 하고 무릎을 '탁' 칠 만하다는 감동으로 지금 있는 이대로를 원하고 흡수하고 거기에 동의하라. 그것이 왔을 때는 그것을 원하고, 그것이 여기로 와 머물 때 그것을 그저 있는 그대로 환영하라. 그리고 그것과 인연이 다 해 떠나갈 때, 그것이 떠나가기를 원하는 것이다.

바로 지금 일어나는 그것이 일어나기를 원해 보라. 그것은 언제나 성공할 것이다.

거기에 '나', '내 생각', '에고'는 없다. 내가 바로 곧 삶이고, 우주이고, 그 모든 것이다. 지금 내 눈 앞에서 벌어지고 있는 바로 그것이 곧 나 자신이다. 지금 내 앞에서 펼쳐지고 있는 이것이 가장 눈부신, 내가 그토록 원하던 바로 그것이다. 어디로도 갈 필요가 없고, 어떤 다른 것도 원할 필요가 없으며, 그 무엇도 추구할 필요가 없다. 나는 지금 이대로를 원하고 그것은 언제나 성공적이기 때문이다.

그렇다. 바로 당신의 삶이 그러하다. 이것이 우리가 사는 삶의 진실이다. 이 단순한 진실에 나를 내맡기고, 바로 그것을, 그대로를 살게 되면, 아무 일이 없다. 그 무엇도 나를 묶지 못한다. 그것이 바로 해탈이다.

부자수업

1판 1쇄 발행 2023년 11월 11일
1판 2쇄 발행 2023년 11월 21일
1판 3쇄 발행 2023년 11월 28일
1판 4쇄 발행 2023년 12월 1일

글 법상
펴 낸 이 신혜경
펴 낸 곳 마음의숲

대 표 권대웅
편 집 최은경
디 자 인 김은아
마 케 팅 노근수

출판등록 2006년 8월 1일(제2006-000159호)
주 소 서울특별시 마포구 와우산로30길 36 마음의숲빌딩(창전동 6-32)
전 화 (02) 322-3164~5 팩스 (02) 322-3166
이 메 일 maumsup@naver.com
인스타그램 @maumsup
용지 월드페이퍼(주) 인쇄·제본 (주)에이치이피

ISBN 979-11-6285-144-9 (03810)

*값은 뒤표지에 있습니다.